빛나는 녀석들

빛나는 녀석들

나연만
장편소설

차례

프롤로그 • 7

1. 꿈★은 이루어졌다 • 15
2. 부작용 • 26
3. 바뀐 경호 팀장 • 41
4. 가설과 미신 • 47
5. 고엽제 • 60
6. 베트남 전쟁 • 66
7. 아버지의 소원 • 83
8. 송 팀장의 비밀 • 92
9. 납치 • 101
10. 지아이제인 • 112
11. 발모 • 127
12. 내가 사람을 죽이다니 • 132

13. 구출 작전 세 가지 ▪ 137

14. 감금 ▪ 145

15. 오스본 3세 ▪ 156

16. 부작용의 핵심 ▪ 169

17. 카드 번호의 비밀 ▪ 189

18. 그럼에도 희망을 ▪ 201

19. 갱도에서 ▪ 207

20. 응우옌 짜이 ▪ 213

21. 삼 대 700 ▪ 220

22. 탈출 ▪ 229

에필로그 ▪ 238

작가의 말 ▪ 243

- 이 소설에 등장하는 모든 국가명, 인명, 지명, 단체명, 사건명은 실제와 관련 없는 허구이며, 실제와 같은 경우에도 우연일 뿐임을 밝힙니다.

프롤로그

워싱턴 시간으로 오후 네 시. 북한이 선전포고 없이 남한을 침공했습니다. 남한의 시간으로는 1950년 6월 25일 다섯 시입니다. 중앙정보국은 북한이 소련과 함께 오래전부터 남한 침공을 준비한 것으로 보인다고 분석했습니다.

6월의 뉴멕시코 치와와 사막은 얼굴에서 흘러내린 땀이 땅에 닿기도 전에 증발해버릴 정도로 건조하다. 그와 달리 지하의 콘크리트 격벽 안은 1년 내내 서늘하고 축축하다. 바깥 날씨는 이 건물에 들어오는 순간 거짓말처럼 잊힌다. 이곳엔 창문도 없고 시계도 없다. 이십사 시간 꺼지지 않는 라디오만 있을 뿐이다.

전파 수신이 원활하지 않아 라디오에서는 늘 모래알이 종이 위를 구르거나 폭우가 쏟아지는 듯한 소리가 섞여 난다. 그 때문에 이곳에서는 늘 빗속에 있는 듯한 기분을 느낄 수 있다.

철컹.

2인치 두께의 철문이 열리면서 교도관 둘이 바퀴가 달린 침대를 밀고 들어온다. 교도관 중 하나는 떨리는 손으로 빳빳한 파일 하나를 내게 건넨 다음, 다른 교도관과 함께 철문 밖으로 나간 후 서둘러 문을 잠근다. 그들이 두고 간 침대 위에는 죄수 하나가 묶여 있다. 얼굴에는 두건까지 씌워져 있다. 굳이 이렇게까지 할 필요가 있는가. 나는 두건을 벗긴다. 그는 얼굴이 드러나자마자 악을 쓰며 외친다.

"나를 이렇게 묶어놓고도 너희가 무사할 것 같아?"

죄수는 흑백의 줄무늬가 그려진 옷을 입어서인지 얼룩말처럼 보였다. 얼굴이 짐승처럼 생기기도 했고. 왼쪽 가슴에는 8429라고 쓰여 있는 헝겊이 붙어 있다. 그는 내 새로운 친구가 될 수 있을까? 조금 설레기도 한다. 나는 헛기침을 두어 차례 하면서 목소리를 가다듬고 그에게 묻는다.

"오늘도 어딘가에서 새로운 전쟁이 터진 모양입니다. 코리아라고, 혹시 그 나라를 알고 있는지······."

"그건 모르지만, 네가 간땡이 부은 놈이라는 건 알지."

그는 내 질문이 끝나기도 전에 나를 잡아먹을 듯 상체를 벌떡 일으키다가 쇠사슬에 묶인 탓에 다시 침대로 쿵 하고 떨어진다. 당황스럽다. 그의 손발에 채워진 수갑과 족쇄에서 철그렁 소리가 난다. 그는 나와 친구가 될 생각이 없는 모양이다. 왜 이렇게 저항하는 걸까. 나는 철제 테이블 위에 있는 그의 파일을 들여다본다.

"어디 보자······ 8429. 마이클 빌립 브레이크. 앨버커키 빈민촌에서 태어나 중학생 때부터 강도 짓을 시작해 교도소를 수시로 들락거렸네. 은행에서 돈을 훔치다가 사람 셋을 죽여서 징역 25년형을 선고받고, 앨버커키 교도소 수감 중에 교도관을 반쯤 죽여서 이곳으로 이감된 게로군요. 참, 마이클이라고 불러도 되겠소?"

그는 대답 대신 침을 퉤 뱉는다. 포물선을 그리며 날아간 침은 각도 조절에 실패한 탓에 내 몸에 닿지 못하고 바닥에 떨어진다. 불만이 많은 친구다. 나는 그를 멀거니 바라본다. 6피트가 넘는 키에 떡 벌어진 어깨. 마치 운동선수처럼 탄탄한 체형이다.

"당신은 예의를 배운 적이 없는 것 같군요."

"네 소개부터 하는 게 예의 아닐까?"

"나는 이 교도소의 유일한 의사입니다. 죄수들의 상태를 체크하고 있소."

"아, 의사 양반이로군. 난 교도관인 줄 알았지. 그럼 닥치고 이 수갑 풀어. 교도관들도 나를 건드리진 않아."

그의 말은 사실이다. 파일에는 모두가 그를 두려워해서 교도소를 전세 낸 것처럼 편히 지냈다고 쓰여 있었다.

"세 명을 죽인 건 사실이오?"

그가 코웃음을 치며 대답한다.

"아니, 다섯. 내가 세 명을 죽였다고 떠벌리는 녀석이 둘이나 있길래 말이야. 밝혀지지 않았을 뿐이지."

자랑하기를 좋아하는 성격 같다.

"그 정도 전과는 여기서 쳐주지도 않소."

내 대답이 끝나자 그는 미친 듯 한참을 웃어댄다. 그는 간신히 웃음을 참으며 말한다.

"돌팔이, 아니 대머리 새끼야. 여기가 어딘데?"

내 뒤통수에서 무언가 툭 끊어지듯 강렬한 신호가 울린다. 대머리새끼. 대머리새끼라니.

"뭐라고?"

나는 그의 멱살을 잡아 올려 녀석의 눈을 내 가슴에 붙은 명찰 앞으로 잡아당긴다.

"읽어요, 그게 나의 이름입니다."

그는 눈알의 초점을 내 가슴에 모으더니 입술을 떨면서 묻는다.

"오……스본? 서, 설마 네가…… 수십 명을 죽였다는 그 오스본은 아니겠지?"

"당신이 아는 오스본이 누군지는 모르겠지만, 내 이름은 도리안 오스본이요."

나의 대답을 들은 그는 외마디 비명을 지르더니 고개를 좌우로 흔든다. 내가 손을 놓자, 그의 몸이 침대로 떨어지면서 또다시 쿵 소리가 난다. 다만 조금 전과는 다르게 물에 데쳐 숨이 죽은 시금치처럼 무기력한 모습이다.

그는 내 눈을 피한 채 중얼거린다.

"오스본……."

"오스본 박사라고 부르시오, 몇 번이나 부를 수 있을지는 모르겠지만."

내 말을 들은 그의 동공은 눈 밖으로 튀어나올 것처럼 흔들린다.

"그렇다면 여기는 어디지?"

나는 양쪽 귀에 스펀지로 된 귀마개를 끼우고는 말한다.

"슈퍼 치와 교도소에 온 걸 환영합니다. 당신은 이제 나의 것입니다."

나의 말이 끝나자 그는 성대 파열 테스트라도 하는 것처럼 소리를 지른다. 나는 핏대를 세우며 절규하는 그의 모습을 물끄러미 바라볼 수밖에 없다.

침묵이 흐른다. 그가 지린 소변이 어느새 죄수복과 침대 시트를 누렇게 물들였다. 나는 그제야 귀마개를 빼서 주머니 속에 넣는다. 그다음 철제 테이블 위에 놓인 앰풀의 대가리를 부러뜨리고는 주사기를 꽂아 앰풀 속 액체를 쭉 빨아들인다.

"아니야, 그럴 수는 없어. 교도관! 교도관 어디 갔나!"

얼어붙은 듯 굳어 있던 그는 주사기를 보더니 대서양의 청새치처럼 펄떡거린다. 그가 극도로 흥분한 탓에 목과 팔에는 혈관이 울룩불룩 튀어나온다. 덕분에 따로 혈관을 찾을 필요도 없다. 나는 주삿바늘을 그의 목에 찌른 다음 피스톤을 밀어 넣는다.

교도관은 오지 않을 것이다. 여기에선 나의 말이 곧 법이니까.

나는 쓰인 지 수십 년이 지난 책을 다시 펼친다. 광기의 과학자이자 의사 그리고 사이코패스인 도리안 오스본의 자서전이다. 타임머신을 타고 과거로 가면 그가 죽인 수많은 사람을 살릴 수 있을까.

어쨌든 중요한 건, 마지막 승자는 나라는 사실이다.

1. 꿈★은 이루어졌다

모든 것은 2002년 한일월드컵에서 시작되었다.

나는 태어난 이래, 온 국민이 그렇게 정신이 나가 있는 모습을 본 적이 없었다. 그 이후로 월드컵이 다섯 번이나 더 개최되었어도 그런 모습은 보이지 않았다. 거리가 온통 붉은 물결로 가득한 나날이었다. 티브이 뉴스에서는 광화문과 서울시청에만 180만 명이 운집했다고 밝혔다.

서울에서 유학 생활을 하던 시절, 나는 화학공학과 동기의 손에 이끌려 붉은 티셔츠를 맞춰 입고 광장의 잔디밭에 일찌감치 자리를 잡았다. 구기종목을 끔찍하게 싫어하던 나였지만 그날은 달랐다. 모두가 도파민이 과하게 분출되어 입을 다물지 못하고 대형 스크린을 바라봤다.

테리우스라 불리는(지금은 발모제 광고모델인) 선수의 머리에 맞은 공이 이탈리아 팀의 골네트를 흔들었을 때, 온 나라에 울려 퍼진 함성으로 지축이 흔들리는 것 같았다. 한국이 월드컵 16강에 진출하던 순간이었다. 축구의 축 자도 모르던 사람도 이날만큼은 붉은 티셔츠를 입고 축구 경기를 보았다. 폭주족들은 오토바이의 앞바퀴를 들어 올린 채 도로를 질주하다 엎어졌고, 주제를 잊은 상주들은 삼베옷을 입은 채로 장례식장을 튀어나와 "대~한민국"을 외쳤다.

'꿈★은 이루어진다'라는 응원단의 슬로건처럼 월드컵 대표팀과 온 국민의 꿈이 이루어지고 있었다. 흥청거리는 사람들 속에 나의 근거 없는 희망조차 이루어질 것 같았다. 이를테면 솔로 탈출 같은. 다들 행복했고 무모했다. 그렇기에 무엇이든 할 수 있을 법한 자신감이 차올랐다. 나의 여자 친구 사귀기도 그 '무엇'에 포함되었다.

광화문의 열기를 취재하러 온 BBC 기자 중 한 명이 이 열광적인 모습을 실시간으로 세계에 타전했다.

"나는 잉글랜드에서도 축구 하나로 이렇게 사람이 많이 모인 모습은 본 적이 없다. 그들은 기쁨과 흥분 속에서

서로 손을 잡고 뛰며 하나가 되었다."

정말 그랬다. 나는 내 친구가 옆에 있는 생면부지의 동년배 여성과 얼싸안고 기쁨의 눈물을 흘리는 것을 보고 눈알이 튀어나왔다. 저게 가능하다고?

모두가 하나 되었다는 BBC 앵커의 말은 틀리지 않았다. 나만 빼고.

어찌 된 일인지 내 주변에는 여자가 없었다. 모두가 기쁨을 누리는데 나는 왜 이 모양인가 하는 의문이 들었다. 와중에 내 친구를 부둥켜안고 있던 여자가 나를 힐끗 보며 친구에게 뭐라고 말을 하고 있었다. 그 말은 용케도 많은 사람의 함성을 뚫고 나의 귓속으로 흘러들어 왔다.

"근데 네 옆에 계신 분은 누구…… 혹시 삼촌이야?"

응? 누가 삼촌이란 말인가? 나는 주변을 둘러보았다. 우리 주위에는 죄다 또래밖에 없었다. 고개를 돌리다가 도로변 반사판에 비친 어떤 남자의 모습에 시선이 고정됐다. 그는 머리가 훵했는데, 생긴 게 나와 매우 닮은 것이 신기하게 느껴졌다. 내 머리숱은 어떤지 궁금하여 손을 올렸더니, 반사판 속 남자도 똑같이 손을 올리고 있었다. 나는 소스라치게 놀랐다. 그것은 나 자신이었다. 내 머리가 언제부터 이렇게 벗겨진 걸까.

엄청난 충격에 월드컵 대표팀이 16강에 진출했다는 역사적 사건은 내게는 아무것도 아닌 것이 돼버렸다. 백만 명이 넘는 인파 속에서도 외로움은 뼛속 깊이 파고들었다. 갑자기 집에 가고 싶어졌다. 나는 학교 기숙사로 발길을 돌렸다. 친구는 내가 집으로 가는지 마는지 관심도 없었다. 첫눈에 반한 이성과 하나가 될 생각에 눈에 뵈는 게 없었을 것이다.

광화문을 벗어난 후에도 빌딩과 상가, 자동차 유리창에 반사되는 나의 모습을 피할 수는 없었다. 티브이 전광판에서는 네덜란드 태생 감독과 한국인 코치가 서로 끌어안고 기쁨을 나누는 장면이 보였다. 그러고 보니 그 코치의 머리에서도 빛이 반짝였다. 그때부터 내 눈에는 그런 것만 보이기 시작했던 것 같다.

2002년 그해 여름, 우리나라 월드컵 대표팀은 8강에 진출한 것도 모자라 준결승전까지 치렀다. 한국은 그야말로 펄펄 끓는 용광로 같았다. 술집에서는 대책 없이 골든벨을 치는 사람이 많았고, 거리의 차들은 박수 소리에 맞춰 경적을 울려댔다. 대표팀 경기가 있는 시간에 학생과 노동자들은 펜과 일손을 놓고 경기를 지켜봤다.

그러나 나는 광화문을 떠난 날 이후 경기를 보지 않았

다. 텅 빈 도서관에서 공부만 했다. 남들이 모두 놀 때 혼자 공부했다. 그래서일까. 1등을 하는 것은 어렵지 않았다. 고3 때는 비교도 되지 않을 만큼 미친 듯 공부만 했다. 한 학기에 24학점씩 신청하여 대학교를 3년 만에 졸업할 수 있었다. 내친김에 곧바로 의학 전문 대학원에 입학하여 4년 만에 의사 자격증을 취득했다. 그리고 극심한 취업난 속에서도 원하던 회사에 들어갔다. 공대와 의학 전문 대학원을 같이 졸업한 이는 드물기 때문이었다.

입사 후 나는 회사에서 발모제를 개발하고야 말겠다는, 오로지 내 힘으로 머리카락을 나게 하겠다는 의지로 가득했다. 그러나 집념만으로 버티며 사는 게 쉽진 않았다. 가장 힘든 것은 대머리에 대한 사회적 편견이었다.

나는 충격 받아서 잠도 못 잤어. 소개해준 애가 더 나쁜 거 아냐? 어떻게 대머리가 나올 수 있어? 글쎄, 흑채를 뿌리고 나왔다니까?

몇 년 전, 제약 회사에 들어가 발모제 개발에 매진하던 시절이었다. 나는 생전 처음 소개팅이라는 걸 했었다. 그날의 충격을 잊을 수 없다. 그녀는 소개팅 소감을 그렇게 써놓았다. 그녀의 소개팅 소감을 읽은 나야말로 몇 날 며칠 잠을 이루지 못했다.

그녀의 후기는 메신저에 연동된 SNS에 올라와 있었기 때문에 모든 사람이 볼 수 있었다. 일부러 올린 것일까. 내가 볼 수 있다는 걸 알고 있지 않았을까. 그렇다면 너무 잔인한 것 아닌가. 비공개로 해달라고 요청이라도 하고 싶었다. 사람이 어쩌면 그럴 수 있단 말인가. 후기에 달린 댓글은 너무 무서웠다. 대머리는 죄인, 친구가 너랑 원한 있는 거 아니니, 작은 키는 용서해도 대머리는 용서가 안 돼……. 더 읽다가는 쇼크사할 것 같았다.

그것이 처음이자 마지막 소개팅이었다. 그 여자를 소개해준 친구의 멱살을 잡고 흔들고 싶었다. 그날 비 맞은 중처럼 중얼대던 나를 기억한다.

'머리털이 나기 전에는 내 인생은 없어, 없다고.'

다시 한번 좌절한 나는 더욱 독하게 마음먹었다. 대머리를 극복하는 약을 개발하고 말겠다고. 다짐은 비 온 뒤의 땅처럼 더욱 단단하게 굳어졌다.

*

 우리 주변의 많은 것은 우연으로부터 시작된다. 하지만 연구원이자 과학자인 나는 우연을 좋아하지 않는다. 예상 밖에 있는 것들, 계산되지 않은 상황의 발생을 원치 않는다. 그러므로 예상치 못한 상황까지 최대한 고려한 결과물을 내놓는 것이 오랜 습관으로 자리 잡았다. 내가 과학자라서가 아니다. 내 연구가 완벽하다는 사실을 증명하기 위해서도 아니다. 그저 나 자신이 당황스러운 상황에 던져지는 걸 두려워하기 때문이다. 그런 성격은 결과물의 완성도를 높여주었다. 나는 연구에 우연이 끼어들지 않기를 바랐다. 그 우연이 행운을 가져다주더라도. 그것은 요행이다. 나는 요행도 좋아하지 않는다.

 인류가 커다란 발전을 이룩할 수 있었던 이유는 우연으로부터 시작된 행운들을 빼고 설명할 수가 없다. 특히 의약품의 경우 우연의 덕이 더욱 극명하게 드러난다. 인간의 수명을 배로 늘려놓은 발명품인 페니실린은 포도상구균에 아주 '우연히' 떨어진 푸른곰팡이 때문에 세상에 태어났다. 화약 공장에서 일하는 협심증 환자가 일할 때는 심장발작을 하지 않는다는 사실을 이상하게 여긴 노벨은 후에 그것이 공장의 니트로글리세린 성분 때문이라는 것을 깨닫는다. 그래서 노벨은 협심증약을 만들기도 했다. 심장질환을 치료하기 위해 개발한 약품인데, 부작용으로 발기가 되는 일이 있었다. 그래서 아예 발기부전 치료제로 출시가 되기도 했다. 이것이 비아그라다. 비아그라를 출시한 제약 회사 화이자는 단숨에 제약업계 선두에 올라섰다.

하지만 나에게 우연이 성공을 가져다주는 일은 일어나지 않았다. 내게는 페니실린을 발명한 과학자 플레밍도 그저 로또에 당첨된 운 좋은 사람과 다를 바 없다. 과학자는 그런 것을 바라서는 안 된다고 생각했다.

나는 발모제에 대한 연구에 매진해왔다. 〈반지의 제왕〉 속에 나오는 골룸이 절대 반지를 갈구하듯. 물론 골룸이 대머리 치료를 위해 반지를 가지려 한 건 아니었지만 말이다.

그렇게 10여 년이 흘렀다. 대부분의 프로젝트가 그렇지만, 우리 팀의 연구 내용도 극비였다. 그렇게 신약이 탄생했다. 아마 몇 달 후면 노벨의학상 후보에 내 이름이 오를 것이다. 그 누구도 의심하지 않았다. 효과는 경천동지할 만큼 획기적이었다. 이 약을 먹은 후 몇 시간이면 휴지기의 모낭이 활화산처럼 살아났고 누구나 청소년 무렵의 머리숱으로 복구되었다. 더군다나 다른 약들처럼 매일 먹거나 발라야 하는 번거로움이 없었다. 단 한 알이면 풍성한 머리숱이 영구적으로 유지됐다.

이미 1, 2차 임상시험이 마무리 단계에 있었다. 기존의 발모제처럼 성기능 감퇴나 피부질환 같은 부작용은 전혀 발견되지 않았다. 우리 팀은 3차 시험을 앞두고 있었고, 회사에서는 FDA 승인을 받을 준비를 했다. 마케팅 팀에서는 15년의 연구 끝에 신약이 개발되었고, 특별한 일이 없는 한 1년 안에 시판될 것이라고 발표했다. 나는 개발팀 팀장으로서 인터뷰 단상에 섰다. 이미 나는 대머리가 아니었다. 내 머리는 짐승처럼 숱이 많았다. 나도 피험자 중 하나였다.

"팀장님, 긴장되시죠? 그럴 땐 천하장사."

선임 연구원 사공 휴가 하얀 가운 주머니에서 소시지를 꺼내 건네주었다. 그는 10년 넘게 나와 같이 연구하며 동고동락했다. 사공 휴도 탈모인이었다. 이 약을 개발하자마자 피험자를 자처했다. 그의 대머리 탈출 의지는 나의 그것에 비할 게 아니었다. 10년간 검증되지 않은 약의 피험자를 자처하면서 온갖 부작용을 몸소 겪은 사람이었다. 수많은 신제품을 만들면서 피험자를 자처하는 통에

여차하면 눈이 멀거나 고자가 될 뻔한 순간도 있었다. 이제는 그 노력이 결실을 맺고 있었다.

내 옆에 서 있는 사공 선임은 감동의 눈물을 흘리며 소시지를 먹고 있었다. 나는 소시지를 받아 쥐며 사공과 포옹했다. 이 장면이 사진으로 찍혀 언론에 보도가 되면서 애먼 소시지 매출까지 늘어났다. 과학자들의 집중력을 향상시키는 데 소시지가 쓰인다는 추측성 보도가 난무했다. 물론 전혀 근거는 없었다. 그저 사공 선임이 소시지를 즐겨 먹었을 뿐이다. 겨울에 롱 패딩 열풍이 불었던 것처럼 중고등학교에는 소시지 열풍이 불었다. 봄은 소시지의 계절이었다. 그해 봄, 아이들은 총명탕 대신 아침저녁으로 소시지를 먹느라 대치동 한약방 매출이 유의미하게 줄었다는 뉴스가 나올 정도였다.

이상하게도 인터뷰 현장에서는 전혀 긴장되지 않았다. 나는 많은 말을 할 필요가 없었다. 내 머리털이 나의 것이 맞는지 잡아당겨보라는 퍼포먼스 정도면 충분했다. 엠바고가 풀리자마자 세계가 들썩거렸다. 우리 회사인 '외길제약'의 주식은 한 달 만에 무려 20배 이상 뛰었다. 인생역전의 세 가지는 부동산, 로또 그리고 외길제약 주식이라는 농담이 유행어처럼 떠돌았다. 『사이언스』와 『네이

처』 같은 과학잡지에서 인터뷰 요청이 쇄도했으며, 스카우트 제의가 끊이질 않았다. 개중에는 비아그라 제조회사인 화이자도 포함되어 있었다. 내가 이직할 것을 걱정한 우리 회사에서는 내게 백지수표를 주었다.

꿈은 이루어졌다. 2002년 월드컵의 '꿈★은 이루어진다'는 문구가 적힌 피켓이 광화문에 넘실거렸을 때도 나는 빠져나가는 머리털을 부여잡으며 과연 꿈이 이루어질지 의심했다. 뒤에 발생한 소개팅의 충격이 나를 각성하게 했달까. 이제는 모든 것이 이루어졌다. 머리털뿐 아니라 부와 명예까지 얻게 됐다. 그러나 기자회견을 마치고 돌아서면서 어떤 성취감과 기쁨보다 쉬고 싶다는 생각이 먼저 밀려왔다. 막상 꿈이 이루어지니 허무해졌는지도 모른다. 나는 한 달 넘게 휴가를 냈다. 회사에서는 푹 쉬다 오라며 휴가비를 두둑하게 얹어주었다. 이렇게 길게 쉬어본 적은 학창 시절 방학 때 이후 처음이었다. 나는 딱히 여행을 좋아하는 성격도 아니었고 함께 시간을 보낼 친구들도 없었다. 아니, 어떻게 친구를 사귀는지조차 잊어버린 것 같았다.

나는 휴가를 아버지가 있는 고향 청주로 갈 수밖에 없었다.

2. 부작용

"오는겨? 티브이에서 봤다."

아버지는 마당에 물을 뿌리다가 반짝이는 머리로 나를 맞이했다. 나는 아버지의 정수리에 털이 난 시절이 있었다는 사실이 믿어지지 않았다. 내가 세상에 태어날 때부터 아버지는 대머리였다. 나도 아버지의 뒤를 따랐다. 유전이었다.

"아따, 이놈 털 봐. 이거 네 거여? 신기하구먼!"

아버지는 내가 머리숱 많은 아들이라는 것이 새삼 신기한 모양이었다. 몇 년 만의 본가 방문이었지만, 나는 학교 갔다가 돌아온 것 같은 기분이 들었다. 아버지는 무심한 표정이었지만 반가운 말투까지 감추지는 못했다. 그런 아버지를 보니 마음이 한결 편안해졌다.

집 안에는 보디빌딩 대회 입상 트로피와 메달이 한쪽 벽면을 가득 채우고 있었다.

"어째 트로피가 더 늘어난 거 같은데······."

아버지는 심드렁하게 대꾸했다.

"노느니 나가는 거지. 다른 애들이 비리비리혀서 그런가······. 까이 꺼 대충 해도 받아오는겨, 그거는."

아버지의 대머리 기질을 물려받은 나였지만, 불행하게도 피지컬은 예외였다. 나는 어머니를 닮아 체구도 작고 살도 잘 찌지 않았다. 나는 눈에 잘 띄지 않는 작은 아이였다. 부모님은 내게 무엇을 하지 말라고 제지한 적이 거의 없었으며, 항상 나의 의견을 존중해주었다. 그렇지만 내가 할 수 있는 것은 별로 없었다. 유일하게 할 줄 아는 것이 공부였다.

어머니는 내가 어렸을 때 지병으로 세상을 떠났다. 그 슬픔을 견디지 못하고 방황하던 아버지를 다잡을 수 있었던 건 '육체미'였다고 한다. 요즘 말로 하면 보디빌딩이다. 베트남전에서 단련된 몸이기도 했지만, 아버지는 원체 골격이 좋았다.

아버지는 보디빌딩 대회에 나갔다 하면 입상을 하고는 했는데, 칠십이 넘은 지금도 여전했다.

"저렇게 몸 키워서 얻다 쓸라고 그런디야. 소 잡을 일 있나, 짐승도 아니고 저거……."

뒤에서 누군가의 목소리가 들려 고개를 돌려보니 박씨 아저씨가 중얼거리며 자전거를 타고 지나갔다.

"팔수 아들 아니여? 오랜만이네."

박씨 아저씨가 나와 눈이 마주치자 손을 흔들며 소리쳤다. 나도 반가움에 절로 손이 올라갔다.

나중에 듣자 하니 아버지가 보디빌딩 대회 장년부와 노년부를 휩쓸고 있다고 했다. 그러고 보니 아버지의 몸은 볼 때마다 커지는 것 같았다. 칠십 대라고는 믿어지지 않는 체격이었다. 사랑을 몸으로 표현했다면 아버지의 엄마에 대한 사랑은 어마어마한 것일 게다.

한편, 아버지와 결혼한 엄마도 대단한 사람이었다. 아버지의 말에 따르면 엄마는 정말 아버지의 외모는 하나도 보지 않았다고 했다. 오로지 한없이 맑고 우직한 심성만 보셨다나. 엄마가 하늘에 계신 터라 확인할 길이 없으니 아버지가 그렇다면 그런 것이었다. 아버지에 의해 다소 왜곡되지 않나 싶었지만 딱히 틀린 말도 아니었다. 머리만 봐도…….

"이제, 어뜨케…… 결혼은 하는겨?"

결혼이라니. 정신차려 보니 나도 벌써 마흔이 넘었다. 세월이 그리 흘렀는지도 몰랐다. 결혼에 대해 생각한 게 언제인지 생각도 나지 않았다. 대머리 때문에 연애에 실패하여 그토록 발모에만 힘썼지만 막상 머리털이 자라나고 보니 연애 생각은 들지도 않았다. 어떤 열망은 이루지 않아도 사라졌다. 언제나 할 수 있다는 생각이 들어서일까? 사람이 간사하다는 생각에 속으로 헛웃음이 나왔다.

"아유, 아부지나 새장가 드셔유. 연애도 좀 하시구."

오랫동안 쓰지 않아 다 잊은 듯했던 사투리가 고향에만 오면 나도 모르게 술술 나왔다.

"야, 이놈아. 그러므는 느이 아부지 대머리부터 치료했어야지. 나이 들어도 대머리는 콤플렉스여."

아버지의 말을 듣고 놀랐다. 아버지가 머리숱에 연연하는 건 처음이었기 때문이다.

"아니, 아부지 그게 뭔 말씀이래유. 옛날에 저한테 거 뭐냐, 평생 대머리면 뭐 어떠냐 그러셨잖유. 브루스 윌리스를 봐라, 율 브리너는 또 얼마나 멋지냐, 응? 그러셨잖유."

내 유전자의 반은 아버지에게 온 것이다. 아버지는 내가 대머리가 된 것이 당신의 탓이라고 생각했는지도 모른다. 그래서일까. 대머리가 어떠냐, 대머리는 멋있는 것이다, 기죽지 말라고 늘 내게 말씀하셨다.

"그 양반들은 인물이 되잖여, 인물이. 내가 그거 몰랐지."

이럴 수가. 아버지의 말을 듣는 순간 울컥하고 무언가가 올라오는 게 느껴졌다. 이제야 진심을 토해낸 것이다. 어머니의 '난 짜장면이 싫다'와 아버지의 '대머리가 뭐 어때서'는 다 거짓말이었다. 얼마나 큰 슬픔을 안고 사신 것일까.

"아부지."

"응?"

"이참에 하나 드세유."

나는 내가 만든 약을 가방에서 꺼내 아버지의 손에 쥐여주었다. 꼭 효자가 된 기분이었다.

"이 약 먹으면 다시는 대머리로 돌아갈 수 없는겨? 신중하게 생각해야 쓰겄네."

아버지가 농을 치며 어허허 웃었다. 눈이 작아 잘 보이지 않던 아버지의 눈빛이 반짝이는 것을 알 수 있었다. 나는 눈물이 핑 돌았다.

"저기, 근디 영길아."

"네?"

아버지가 웃음을 멈추더니 진지한 표정으로 물었다.

"한 알 더 읎어?"

*

강산이 몇 번 변했지만 고향은 여전히 평화로웠다. 아침이면 아버지의 개와 함께 산책을 나갔다. 오후에는 아버지를 도와 밭일을 하거나 책을 읽었다. 인터넷은 모두 꺼놓았다. 모처럼의 휴가를 편히 보내고 싶기도 했지만, 내 소식을 인터넷으로 접하고 싶지 않았기 때문이다. 핸드폰이나 모니터에 예고도 없이 뜨는 내 사진은 아직도 적응이 되지 않았다. 그러나 동네 초입에 '경 고영길 박사의 위대한 발명 축'이라고 인쇄되어 걸린 플래카드마저 피할 수는 없었다.

5월, 벼농사를 짓는 농부들은 논에 물을 대기 바빴다. 모판에서 파릇파릇 돋아난 새싹이 모내기를 기다리고 있었다. 활엽수 이파리는 이미 진녹색을 띠었다. 약을 먹은 사람의 머리털도 봄날의 새싹처럼 무럭무럭 자랐다.
 그러나 평화롭기만 한 인생이 어디 있겠는가. 모처럼의 휴가는 생각보다 빨리 끝났다.

 휴가 보름째, 5월의 마지막 수요일이었다. 그날은 유난히 이상한 날로 기억될 것이다. 나는 여느 날처럼 아침에 개와 산책을 하면서 하루를 시작했다. 나와 개는 논길을 따라 걸었다. 곧이어 건장한 체격의 남자 둘이 나와 일정한 거리를 두면서 따라왔다. 회사에서 고용한 사설 경호원들이었다. 혹시 모를 불상사를 대비하기 위함이라고 했다. 그들은 최대한 눈에 띄지 않게 행동하는 듯했지만, 훤칠한 키에 근육질인 몸만으로도 이마에 경호원이라고 써 붙이고 다니는 것과 다름없었다. 이 동네에서 가장 이질적인 사람들이라면 바로 그들일 터였다.
 저 멀리서 누군가 달리고 있었다. 이 동네에서 20년 넘게 살았지만 논두렁을 그렇게 빨리 달리는 사람은 본 적이 없었다. 어딜 저렇게 급히 가나 싶었는데, 방향을 틀어 이쪽으로 오고 있었다. 나는 덜컥 겁이 났다. 나는 개를 안고 달렸다. 입에 단내가 나도록 뛰었다. 금세 등 뒤에서 사람 숨소리가 들렸다. 그가 내 뒤에 바짝 붙은 것이 느껴졌다. 경호원들은 그를 막기 위해 몸을 날렸으나 그는 최소한의 몸놀림으로 경호원들을 가볍게 제치고는 순식간에 내 바로 뒤에 다다랐다.

"Stop, Please!"

스톱? 가쁜 숨을 내쉬며 뒤를 돌아봤다가 놀라서 벌렁 넘어질 뻔했다. 웬 백인 하나가 서 있었다. 매우 낯이 익었다.

"안녕하세요. 저, 저는 웨인 루니라고 합니다."

나도 모르게 헤벌어진 입에서 침이 흘러나왔다. 갑자기 이게 대체 무슨 상황일까 파악하느라 뇌에 부하가 걸렸다. 잠시 후, 나는 손등으로 흘러나온 침을 훔쳤다. 낯이 익은 이유는 그가 정말 루니였기 때문이었다. 맨체스터 유나이티드에서 뛰었던 루니가 지금 우리말로 자기소개를 한 것이다. 현기증이 몰려왔다. 안고 있던 개가 놀라 그의 튀어나온 배를 물었으나, 루니의 눈빛은 흔들리지 않았다. 곧이어 누군가가 헉헉대며 달려왔다.

"안녕하세요, 고영길 박사님. 이분은 웨인 루니고, 저는 루니의 통역사 앤디입니다. 루니 씨가 너무 빨리 달리는 바람에 제가 좀 늦었습니다."

나도 숨을 고르고는 입을 열었다.

"아니, 그런데 왜 저를 쫓아온 겁니까?"

통역사는 내 말을 루니에게 영어로 전해줬고, 루니가 한 대답을 다시 우리말로 전해주었다.

"박사님을 보고 반가웠을 뿐이래요. 그런데 박사님이 달아나기에 빨리 다가가 오해를 풀고 싶었답니다."

기가 막혔다. 그게 무슨 소리인가. 그쪽이 달려온 거 자체가 오해였는데!

"저기, 여봐유. 오해는 무슨 오해. 다짜고짜 사람 잡아먹으려는 듯 뛰어오면 되는규? 죄 없어도 누가 쫓아오면 사람이 본능적으로 튀게 돼 있잖유? 거 뭐냐, 슬렁슬렁 걸어와서 말 걸어도 될 걸 갖고 그냥……."

긴장이 풀렸는지 나도 모르게 입에서 충청도 사투리가 나왔다. 앤디라는 사람은 동양인으로 보였지만 한국인은 아닌지 충청도 말을 영어로 통역하는 데 애를 먹고 있었다. 차라리 내가 영어로 대화하는 것이 나을 것 같았.

루니는 우리 개발 팀이 만들었다는 신약 소식을 듣고 반드시 나를 만나야겠다고 생각했단다. 나는 루니가 지금 뭘 하는지는 몰랐지만, 루니의 탈모 극복 노력에 대해서는 익히 들어 알고 있었다. 그것은 루니에 대한 관심이 아니라 내 직업적 호기심 때문이었다. 루니는 모발을 몇 차례나 이식하였지만 만족하지 않았고 노팅엄의 셔우드 숲처럼 빽빽한 머리가 되길 원하고 있었다. 실제로 루니의 머리를 보니 그의 고민이 그대로 느껴졌다. 모발 이식은 이식 가능한 모근이 한정적이라는 단점이 있었다.

  결국 그는 내게 약을 얻으려고 온 것이다. 어이가 없었다. 그런데 내가 여기로 휴가를 왔다는 사실은 어떻게 알았을까. 루니의 푸른 눈을 보니 왠지 모를 호소력이 느껴졌다. 루니가 나와 눈이 마주치자 입을 열었다.

"I love Gangnam style."

"왓?"

유행 다 지난 노래를 좋아한다고 말하게 시킨 녀석이 누구인가. 나는 그 말을 듣자마자 호소력이고 뭐고 차갑게 식어버렸지만, 마지막으로 그가 만든 손가락 하트에 하마터면 혹해서 넘어갈 뻔했다. 예상외로 귀여운 면이 있었다.

"아니, 그게요……."

어쨌든 약은 줄 수 없었다. 내가 '강남 스타일'을 좋아하지 않아서가 아니다. 아직은 때가 아니기 때문이다. 임상시험을 한두 차례 더 거치고, FDA 승인도 받아야 했다. 아버지와 박씨 아저씨에게 약을 준 것은 가족과 지인이라는 이유도 있었지만, 이전에 임상시험 대상자에 포함했기 때문이었다.

쉽게 말하면 요식행위를 거쳐야 한다는 얘기였다. 물론 별 이상은 없을 것이라 생각하지만, 아버지조차 임상시험에 어떤 결과가 나오더라도 받아들이겠다는 각서를 썼다. 루니라도 그 절차는 피할 수 없다. 더군다나 루니 같은 유명인이 임상시험 대상자에 포함된다면 언론의 관심도 집중될 게 뻔했다. 특혜 논란 또한 피할 수 없을 것이다. 괜히 긁어 부스럼을 만들 필요는 없었다. 임상시험만 마무리되면 어차피 약은 1년 안에 시판될 예정이었다. 그런 사정을 루니에게 설명했다. 얘기를 들은 루니는 실망한 기색이 역력했다. 그럼에도 자신을 임상시험 대상자에 포함해줄 수 없겠느냐고 했다.

마음이 짠했지만 거절할 수밖에 없었다. 결국 그는 고개를 숙인 채 발걸음을 돌렸다. 머리털, 대체 그게 뭐기에……. 나는 내가 불과 한 달 전까지만 해도 대머리였다는 사실을 잊고 있었다. 사람이 이렇게 간사했다.

그나저나 지구 반대편에 있는 사람이 내가 충청도 시골구석에 있다는 걸 어떻게 알았느냐가 더 궁금했다. 이걸 아는 사람은 내 경호원들과 사공 선임 정도다. 이 동네 사람들이 내가 산책하는 모습을 몰래 찍어 SNS에 올린 것일까. 남은 휴가가 편치 않을 것 같은 불길한 예감이 들었다.

그렇게 루니를 돌려보내고 개를 앞세워 집으로 돌아왔다. 집 마당에 들어서니 아버지가 서성대고 있었다.

"뭔 일이라도 났슈?"

새삼스럽게 잊었던 사투리가 술술 나오는 것이 신기했다. 다시금 느끼지만 충청도의 공기는 어떤 결계처럼 쓰지 않았던 사투리도 되살리는 힘이 있다.

나를 본 아버지가 이마에 주름을 만들며 입을 열었다.

"영길아, 나 근데 왜 머리털이 안 나냐? 몇 시간만 지나면 올라온담서."

"어? 그러고 보니까 아직 기미가 없네유. 아부지 약 언제 드셨더라?"

나는 아버지의 머리를 쓰다듬었다. 머리는 마치 갓 뽑은 벤츠에 광택제라도 바른 것처럼 광이 났다.

"어제 저녁에 먹었잖여. 너 보는 앞에서 먹었구먼."

그럼 열두 시간은 지났다는 얘긴데. 그렇다면 민둥산 같은 머리에도 최소한 솜털은 돋아나야 했다.

"그뿐이 아녀. 그나마 있는 털도 빠지고 있다니께."

"에이, 그럴 리가요."

말이 되지 않았다. 혈압약을 착각하고 잘못 드신 걸까. 그러면서도 아버지의 머리 주변을 눈으로 훑다가 깜짝 놀랐다. 정말 있던 머리털도 모두 사라져버렸다. 아무리 대머리라고 해도 옆머리나 뒷머리는 남아 있기 마련인데, 아버지에게는 주변 머리털도 전혀 보이지 않았다.

"아부지, 혹시 머리털 아주 싹 면도하신 거 아니유?"

그렇지 않고서야 이럴 수가 없었다.

"뭔 소리여, 이놈아. 눈썹 털도 빠지고······. 그러고 보니께 말여, 이거 명현반응인가 하는 거 아니냐? 일단 싸악 빠지고 다시 난다든지."

"아니유. 이 약은 그런 거 없어유."

아버지에게는 눈썹조차 남아 있지 않았다. 항암 치료라도 받은 사람 같았다. 혼란스러웠다.

"저기, 영길아."

"또 뭐유, 아부지."

갑자기 정신이 아득해졌다.

"나뿐 아니라 내 친구 박가 있잖여. 갸두 나랑 똑같이 됐어야."

"예? 박씨 아저씨도요?"

무슨 일일까. 일단 여기서 한가하게 쉬고 있을 때가 아니었다.

"아부지, 박씨 아저씨보고 당장 짐 싸라고 하세유. 같이 서울 올라가자고. 돈은 얼마든지 드린다고 해유. 아부지도 올라갈 준비하시고."

회사에 이 사실을 알려야 했다. 나는 급히 사공 선임에게 전화를 걸었다.

"사공, 문제가 생겼어."

"네? 혹시 약 먹은 사람 체모가 다 빠지기라도 했나요?"

"어떻게 알았어?"

"에? 그게 진짜였어요?"

머리털이 곤두섰다.

"저도 조금 아까 어떤 메일을 받았는데요. 자기가 2차 임상시험 참가자라고 하더니 머리털이 다 빠졌다고 하더라고요."

"2차 테스트 끝난 지가 언젠데 그런 메일이 지금 와?"

그럴 리가 없었다. 더군다나 피험자들에게는 모발의 발육 상태 점검뿐 아니라 혈액검사를 주기적으로 실시해왔다. 피험자들의 개인정보는 전부 연구실에 보관되어 있었다.

나는 재차 물었다.

"그래서 보낸 사람이 누군데?"

"그게…… 보낸 사람 이름이 없어요. 저는 그냥 누가 장난친 줄 알았는데, 팀장님이 메일 내용과 똑같은 말씀을 하시니 놀랐습니다. 어떻게 아신 거예요?"

수화기 건너에서 우적 소리가 들렸다. 사공 선임이 소시지를 씹고 있는 모습이 선하게 그려졌다. 그도 긴장하고 있었다.

3. 바뀐 경호 팀장

 서울에서 청주로 내려올 때 자가용을 이용했던 것과는 달리, 올라갈 때는 서울행 KTX를 탔다. 차량보다 기차가 안전할 것이라는 경호 팀의 권유 때문이었다. 그런 이유인지는 모르겠지만 북쪽의 지도자도 기차를 애용한다지. 본가로 내려올 때 탔던 차는 경호원 중 하나가 운전해서 회사로 가지고 갔다.
 내가 탄 객실에는 나, 아버지, 박씨 아저씨와 경호원 셋 이렇게 여섯 명뿐이었다. 회사에서 객실 하나를 통으로 빌렸다고 했다. 경호는 전적으로 회사에 일임했다. 문득 경호원들도 나름 피곤하겠다는 생각이 들었다. 그러고 보니 경호원들과는 통성명을 했나 기억도 제대로 나지 않았다. 내 머릿속을 꿰뚫어 보았는지, 경호원 중 하나가 내가 앉은 의자 뒤에서 말을 걸었다.

"고 박사님, 반갑습니다. 박사님의 차를 끌고 서울로 올라간 윤 팀장 대신 내려온 송희수 팀장이라고 합니다."

나는 한번 들은 사람의 이름을 잘 기억하지 못했다. 이 점에 대해서는 아인슈타인이 갖고 있는 건망증과 비슷하다고 할 수 있다. 나도 그처럼 천재였다면 건망증이 찾아오는 것도 슬프지 않았을 것이다. 그러나 내게는 천재성은 없는 와중에 탈모와 건망증만 찾아왔다. 그나마 내가 그의 이름과 말을 기억하는 이유는 경호 팀장으로는 드물게 그가 여성이기 때문이었다.

"경호원 두 명은 이미 아시지요? 오른쪽은 엄상백 요원, 저 앞자리에 앉아 있는 스포츠머리가 심우준 요원입니다."

"예? 그건 야구선수 이름……."

어처구니없는 이름에 고개를 든 순간, 나는 깜짝 놀랐다. 그녀가 나의 첫 소개팅 상대와 너무 비슷하게 생겼기 때문이다. 큰 키에 쇼트커트, 오뚝한 코가 유독 똑같았다.

그녀는 표정 하나 바뀌지 않은 채 대답했다.

"그냥 동명이인입니다."

소개팅의 악몽이 슬금슬금 되살아나려고 했다. 이럴 줄 알았으면 경호 팀 프로필이라도 자세하게 볼 걸 그랬다. 지금 와서 그런 이유로 팀장을 바꿔달라고 할 수도 없는 노릇이었다. 송희수 팀장은 키가 175센티미터는 족히 넘는 것 같았다. 단정하게 입은 정장에 쇼트커트를 해서인지 한층 더 차갑게 느껴졌다. 더군다나 경호 팀장이라니. 나도 모르게 머리에 손이 올라갔다. 대머리를 탈출한 것이 아직도 실감이 나지 않았다. 소개팅의 그녀가 송희수 팀장과 오버랩 되었다. 내가 대머리였다면 비명을 지르며 하이킥을 날리지 않았을까, 하는 상상에 눈이 질끈 감겼다. 나머지 요원 둘은 남성인데, 둘 다 다부진 체격에 말수가 없었다. 나를 해코지할 사람이 있기나 할까. 오히려 경호원들이 더 무섭게 느껴졌다.

객차 천장에 달린 티브이에서는 뉴스가 흘러나오고 있었다. 딱히 할 것도 없고 눈을 돌릴 데도 없어 자연스럽게 눈이 모니터로 향했다.

한국 시간으로 오늘 새벽 두 시, 영국 첩보기관인 MI6에 정보를 넘겼다고 추정되는 러시아 스파이가 영국에서 신경안정제에 중독되어 사망했습니다. 영국 수사 당국은 범인이 관광객으로 위장한 러시아 특수 요원 두 명이라고 밝혔으며, 즉시 현장에서 체포하였습니다. 이에 대해 러시아 대통령은 긴급 성명을 발표했는데요. 영상을 잠시 보시겠습니다.

"영국 정부는 선량한 우리 국민을 테러리스트로 몰아 불법적으로 체포하였습니다. 이는 러시아에 대한 도발입니다. 나는 러시아에 위협이 되는 모든 행위를 좌시하지 않겠습니다."

영국이 살인 사건의 배후로 러시아를 지목했기 때문에 영국과 러시아의 관계가 급랭하고 있다고 했다. 사건도 사건이지만, 러시아 스파이가 영국의 유명 배우였다는 사실이 더욱 화제였다. 하긴 북한 간첩 무하마드 깐수는 대학 교수였고, 러시아 스파이 애나 채프먼은 기업가였다. 하지만 모두가 의심하지 않는 직업을 가져야 들키지 않을 것 아닌가.

그보다 내 관심을 끈 것은 암살에 쓰였다는 신경안정제였다. 이번에 쓰인 새로운 신경안정제는 여태 러시아가 나발니 등 반정부 인사를 암살하기 위해 썼던 노비촉보다 몇 배나 강력해서 노출되면 몇 분 안에 사람이 죽는다고 했다. 사린 가스와는 비교가 되지 않는다. 저런 걸 운용하려면 우리 회사 연구소 정도 되는 시스템이 있어야겠다는 생각이 들었다. 국가 차원에서 지원을 하니 가능한 것이겠지.

러시아 대통령의 담화 영상을 보니 그 또한 탈모인이었다. 독가스 연구할 돈으로 발모제나 연구할 것이지……. 그런데 화면에 비친 그의 모습을 보니 뭔가 어색했다. 왠지 모르게 모나리자 같은 느낌이 들었다. 왜 그런가 봤더니 눈썹이 없었다. 언제부터 저 사람 눈썹이 없었던 건지 잠시 생각했다.

그다음으로 스포츠 소식이 이어졌는데 나는 눈을 의심할 수밖에 없었다. 웨인 루니가 방한했다는 뉴스 때문이었다. 루니가 감독을 맡고 있는 구단이 단체로 한국에 왔다고 했다. 어찌 된 연유인지 국내 팀인 수원 삼성 블루윙즈와 친선경기가 예정되어 있다고 했다. 그 김에 나를 만나러 왔던 모양이다. 그러나 루니가 충청도에 왔다 갔다는 소식은 없었다. 그야말로 쥐도 새도 모르게(나 말고는) 왔다 간 것이다.

일기예보가 끝날 즈음 내가 탄 열차는 서울역에 도착해 있었다.

4. 가설과 미신

 회사에 도착하자 사공 선임이 불안한 표정으로 소시지를 씹으며 기다리고 있었다. 사공의 표정은 그날따라 어두워 보였다. 나는 사공을 안심시켜주고 싶었다. 부작용이 크다고 한들 이 약이 갖는 의미가 없는 것은 아니었다.
 "사공, 많이 걱정돼? 실패해도 괜찮아. 이제 우리는 대머리 아니잖아."
 나는 사공의 기분을 풀어주려 농을 던졌다. 사공은 대답 대신 내게 소시지를 건네주었다.
 임상시험 계획서를 다시 작성하여 결재를 올렸다. 회사뿐 아니라 식약처로부터 과학성, 신뢰성, 윤리성 항목을 검토받았고 이 실험 계획이 문제없다는 통보도 받았다. 다만, 그 보고서만 봐서는 부작용이 발생했다는 사실을 알 수는 없었다. 일반적인 임상시험 계획서와 다르지 않았기 때문이다. 회사 임원들은 부작용이 발생한 사실을 극비에 부쳤다. 보안도 한층 강화됐다. 사내에도 부작용이 발생한 사실을 아는 사람은 연구원을 포함하여 열 명도 채 되지 않았다. 졸지에 아버지와 박씨 아저씨도 며칠간 보안 교육을 받느라 회사 밖으로 나가지 못하는 신세가 되었다.

기록하지 않는 것은 아무 일도 일어나지 않는 것과 다름없다. 과학자인 나의 철칙과도 같은 신념이었다. 실험실에서 아버지와 박씨 아저씨의 공통점을 찾는 작업부터 시작했다. 혈액형, 병력, 유전인자 등 그들 자신도 모르는 정보까지 뽑아내야 했다.

우리 팀에서는 아버지와 박씨 아저씨의 공통점을 정리했다. 성별이나 대머리 등 대부분의 피험자가 갖고 있는 것을 제외하면 세 가지 정도였다. 사는 지역, 나이, 월남전 참전 이력.

첫째, 두 분은 충북 청주의 농촌에서 거의 한평생을 살았다. 우리 팀은 이 지역에서만 나는 특정한 물질이 있는지, 있다면 이 지역 사람들에게 어떤 영향을 미치는지 역학조사를 실시했다. 특별하게 나오는 것이 없었다. 청주 특산물인 뻘국산 고구마를 장복해서일까? 직지쌀을 먹어서일까? 그런 사람을 찾아보았다. 이 지역에서 나는 고구마와 쌀만 먹고 60년 넘게 살아온 대머리 청년 회장 김 씨였다. 김 씨는 피험자가 되자마자 대머리에서 벗어났다. 그러더니 이제 60살이 넘도록 연애 한 번 못 한 것이 억울하여 결혼을 해야겠다는 결심이 섰다고 했다. 그리고 자신을 이 시험에 포함해줘서 너무 감사하다며 고구마 1톤을 집으로 보내왔다.

대머리만 탈출하면 없던 기백이 생기는 걸까. 어째서 환갑이 되도록 하지 못했던 결혼을 갑자기 할 수 있다고 생각하는 걸까? 내가 과거에 했던 생각과 청년 회장님의 결심이 오버랩 되면서 잠시 부끄러워졌다. 한편, 대머리에서 벗어난 나에게 그런 생각이 들지 않는 걸 보면 나의 연애 세포는 이제 말라비틀어져버린 건지도 몰랐다.

청년 회장뿐 아니라 이 지역에서 30년 이상 살아온 탈모인을 대상으로 한 실험에서도 부작용은 나타나지 않았다. 이 지역의 성인 남성 대부분이 우리 회사의 발모제를 먹었다. 하지만 그 누구에게도 부작용이 나타나지 않았다. 대머리에서 탈출한 모두가 기뻐했다.

덕분에 동네 입구에 있던 '경 고영길 박사의 위대한 발명 축'이라 쓰인 플래카드는 두 배로 커졌으며, 그 아래에는 '대머리 없는 동네'라는 글자가 새겨진 화강암이 들어섰다.

하지만 청년 회장이 잊고 있던 두 사람이 있었다. 박씨 아저씨와 우리 아버지. 그 둘만은 여전히 빛나는 머리를 유지했다.

"청년 회장, 뭐 이딴 게 회장이여. 너 이 새끼 일루 와 봐. 그냥 태어날 적 머리로 만들 테니께. 너만 머리털 나면 다여?"

박씨 아저씨는 분노를 이기지 못하고 아버지와 함께 트랙터로 화강암을 옮겨 청년 회장의 집 대문을 막아버렸다.

"아이고, 어르신들 제가 잘못했어유. 제가 잠시 생각이 짧아 가지고 기냥……."

아버지의 길로틴초크에 걸린 청년 회장은 사려 깊지 못한 자신을 용서해달라며 닭똥 같은 눈물을 뚝뚝 흘리며 사죄했다.

둘째, 아버지와 박씨 아저씨는 나이가 같았다. 심지어

이 두 사람은 태어난 날까지 같았다. 그 당시 우리 동네에는 산파가 한 명뿐이었다고 한다. 그렇기 때문에 산파는 박씨 아저씨를 세상에 끄집어낸 후, 우리 집으로 뛰어가서 다이빙캐치를 하듯 아버지를 받았다고 전해졌다. 그렇기에 둘의 나이 차는 십 분에 불과했다.

그러나 태어난 날과 약효가 관계있을지도 모른다는 가설은 과학자로서 받아들이기 어려웠다. 아니, 얼토당토않은 얘기였다. 하지만 아버지와 박씨 아저씨 두 분은 가설이 맞을 거라며 강하게 주장했다. 용하다는 보살이 말하기를 둘은 태양인으로서 어른이 되면 대머리가 될 거라고 했단다. 일단 그 예언은 현실이 되었다. 그래서일까. 유독 두 사람은 사주팔자를 맹신하다시피 했다. 그녀가 말한 것이 이뤄지지 않은 적이 없다고 했다. 묘하게도 두 사람의 운명이 비슷하기까지 했다. 태어난 지역과 시간이 같았음은 물론, 외아들로 태어난 것과 아내와 사별한 것까지 똑같았다. 이것은 종교나 미신을 배척하는 나조차도 솔깃할 만한 우연이었다.

사공 선임이 시간 낭비라며 말렸지만, 나는 아버지와 박씨 아저씨를 뒤로하고 그 보살을 찾아가기로 했다. 그녀의 입에서 과학적 단서가 나올 수도 있기 때문이었다.

그녀가 무슨 얘기를 하는지 듣고 싶었다. 맹세코 나는 사주팔자를 보고 싶었던 것이 아니다. 그럴 수만 있다면 차라리 그녀의 얘기에 홀딱 넘어갔으면 좋겠다는 생각도 조금 들었다.

사람들은 그녀를 '수타리봉 계룡보살'이라 부른단다. 계룡산으로 '유학'을 간 20년을 제외하면 평생 사주 보는 삶을 살고 있다고 했다. 20년 넘게 동네에 산 내가 그녀의 존재를 알지 못했던 것으로 보아, 내가 어렸을 때 계룡산으로 떠났던 모양이다.

우리 고향의 모습은 두 개의 산, 암타리봉과 수타리봉이 쌍봉낙타의 혹처럼 마을의 뒤를 받치고 있고 그 맞은편에는 지방하천인 쌍봉천이 흐르는 전형적인 배산임수형이다. 나는 그녀가 살고 있다는 수타리봉으로 향했다. 수타리봉을 향해 오솔길을 따라가보니 과연 저 멀리 붉은 기와를 올린 집이 하나 나타났다. 담이 없는 집이었다. 기와집 주변에는 수종을 알 수 없는 나무들이 우거져 있었다. 평평한 앞마당에는 잡초가 아닌 잔디가 깔려 있었다. 잔디가 고르고 빽빽하게 심어진 것이 산속에서 보기 드문 모습이었다. 그러나 어디에도 계룡보살이라 쓰인 간판은 보이지 않았다.

그 집을 향해 걷던 중 무언가에 발이 걸렸다. 발밑을 보니 커다란 거북이 등껍질 같은 것이 엎어져 있었다. 그것이 움직이는가 싶더니 스윽 커지기 시작했다. 나는 머리털이 쭈뼛 섰다. 사람이었다. 거북이 껍질처럼 동그란 것에서 팔다리가 비죽비죽 나오는 것이 거의 변신 로봇 수준이었다. 그 사람의 정체는 백발 마녀, 아니 백발 노파였다. 갑자기 주변까지 으스스해졌다. 노파는 허리가 둥그렇게 굽어 선키가 내 어깨높이에도 미치지 못했다.

"저, 저, 저기⋯⋯ 여기가 계룡보살님 댁이 마, 맞나요?"

나도 모르게 말을 더듬었다. 노파가 짧게 대답했다.

"나여."

노파는 눈이 보이지 않을 정도로 주름이 깊었다. 긴장이 풀린 나는 크게 한숨을 쉬었다. 놀란 가슴이 진정되면서 짜증이 났다.

"그런데 왜 산기슭에 엎드려 계셔요?"

"야, 이놈아. 쑥을 그럼 서서 캐냐?"

노파 옆에 놓인 쑥 바구니가 보였다. 그제야 내가 짜증 낼 상황이 전혀 아니라는 생각이 들었다. 오히려 일하는 데 방해받은 사람은 그 노파였다. 노파가 말을 이었다.

4. 가설과 미신

"고팔수 아들이구먼. 사실 기다리고 있었지. 쑥이고 나발이고……. 어쨌든 들어가자."

나는 깜짝 놀랐다. 계룡보살은 핸드폰도 갖고 있지 않다고 했는데, 내가 온다는 걸 어떻게 알고 있었을까.

"저, 저를 어찌 알았대유?"

나도 모르게 사투리가 튀어나왔다. 충청도 공기의 힘이었다.

"이 동네에서 너 모르는 사람이 어디 있냐."

노파가 법당으로 안내했다. 형형색색의 탱화와 부적으로 현란하게 꾸며졌을 것이라는 예상과는 달리, 법당에는 2대 1 크기의 부처상과 그 뒤의 병풍, 향 정도만 있을 뿐이었다. 의외로 깨끗하고 단출했다.

노파는 테이블 앞에 앉자마자 중얼거렸다.

"얼마 전에 운이 트였구먼."

하긴 신약 개발 이후로 많은 것이 달라졌다. 운이 트였다는 말은 좋은 뜻일 테지.

"몇 시에 태어났나?"

"아침 일곱 시요."

내 입이 뭐에 홀린 것처럼 저절로 움직였다. 이게 아닌데. 질문은 내가 해야 하지 않나.

"저기, 생년월일은 왜 안 물어보세요?"

"구글 프로필에 나온 게 틀린 거여? 1981년 4월 17일. 양력일 테고……."

"아, 예……."

나는 홀린 것처럼 빠져들고 있었다. 아니, 이러면 안 된다.

"아, 아니 그것 때문에 온 게 아니고요. 보살님, 그러니까 제 아버지 고팔수하고 그 친구 박대팔이 태어난 날이 똑같잖아요. 그래서 그 두 사람 운명이 같다고 하셨다는데, 그 근거가 뭔지 궁금해서 왔어요."

노파는 잠시 생각에 잠기는가 싶더니 숨을 크게 들이마셨다.

"너는 의심이 많아, 건방지게. 세상의 이치를 네가 다 이해할 수 있을 거라 믿냐? 사주팔자가 무슨 점이나 보는 건 줄 알아? 사주도 과학이야, 이놈아. 수성, 토성, 화성, 목성 그리고 해하고 달, 음양오행에 따라 운명이 갈리는 거여, 이 무식한 놈아. 무슨 화학이니 시약이니 밀가루 같은 거에 불장난이나 하는 놈이 뭘 알겠냐마는. 의심이 많은 것도 네 팔자다. 돌아가, 이놈아. 그래봤자 어차피 다시 오겠지만."

4. 가설과 미신

천문학까지 공부해야 하는 것일까? 그러기엔 내 생이 너무 짧지 않나. 스티븐 호킹조차 사주팔자 계통으로는 아무 얘기도 하지 않고 돌아가셨다. 노파의 말이 사실이라 해도 그걸 규명할 수는 없었다. 나는 발걸음을 돌렸다.

수타리봉을 내려오던 중에 사공 선임에게 전화가 왔다.

"팀장님, 팀장님 아버님하고 박대팔 할아버지랑 같은 시간에 태어난 다른 사람들 테스트 결과가 방금 나왔는데요."

나는 잔뜩 긴장했다. 우리 연구 팀은 박씨 아저씨 말고도 같은 시간에 태어난 탈모인을 어렵게 수배하여 실험군에 포함했다.

"그랬는데?"

만약 그들에게도 약이 듣지 않았다면 나는 명리학까지 공부해야 할 판이었다.

"다 머리털이 났어요. 부작용이 없었어요."

그럼 그렇지. 그저 우연일 뿐이었을 거라는 생각에 무게가 실렸다. 그렇다면 왜 두 사람만 그런 걸까. 그 둘이 태어난 우리 동네에서 어떤 특정한 사건이 일어난 것은 아닐까? 이를테면 핵실험이라든지, 지진이나 천둥 혹은 운석이 떨어졌는지……. 기상 기록과 이 지역 개발 이력까지 샅샅이 조사했다. 그러다 아버지와 박씨 아저씨를 받은 산파가 아직도 살아 있다는 소식을 들었다. 나이가 백 살이라고 했다. 인터뷰를 하기 위해 그 산파를 찾아가기로 했다.

*

"내가 또 찾아올 거라고 했잖여?."

젠장! 그 계룡보살이 우리 아버지를 받아낸 산파였다. 나물도 캐고 애도 받다가 사주도 봐주는, 그야말로 쓰리 잡을 가진 노파였다.

노파가 눈을 감고 기억을 더듬었다.

"1948년 7월 6일……."

1948년은 미군정으로부터 독립해 대한민국이라는 국호를 사용한 첫해였다. 유난히 더운 여름이었다. 그녀는 나의 아버지가 태어난 날을 또렷하게 기억하고 있었다. 그렇게 정신없이 애를 받은 날이 없었기에 잊을 수 없다고 했다.

그녀의 말에 따르면 아버지가 태어난 날은 구름 한 점 없이 맑았다. 심은 지 한 달이 채 안 된 모들은 논에서 시

퍼렇게 자라고 있었으며, 멧돼지 두 마리가 산에서 내려와 어슬렁거렸고, 나의 할아버지는 퇴비로 쓸 풀을 베고 있었다고 했다. 늘 그렇듯 평화로운 일상이 이어졌다고, 사내 아이 둘이 동시에 태어난 것보다 특별한 일은 없었다고 했다. 백 살이 넘은 사람의 설명치고는 너무 구체적이었다. 나는 그녀의 말을 믿기로 했다. 사실 그 시기를 기억하는 고향 어른 중 살아 있는 사람은 그 노파 외에 없었으므로 크로스 체크를 할 수도 없었다.

"그건 그렇고…… 결혼은 생각이 없나벼?"

왜 또 그런 얘기를 하는지 알 수가 없다. 남이사 결혼을 하든 말든.

"제 나이가 마흔이 넘었는데 이제 와서 무슨요."

"뭐래는겨, 새파랗게 어린놈이. 환갑 넘은 청년 회장, 개도 머리털 났다고 여기저기 껄떡거리는 거 몰러?"

그놈의 연애, 결혼. 이제 그만할 때도 되지 않았나. 왜 어르신들은 나를 가만두질 않는 걸까. 나는 무릎을 짚으며 일어섰다. 이 동네에서 볼일은 다 본 것 같았다.

"넌 생각 없다고 했을지 몰라도, 그게 네 뜻대로 되지 않아, 이놈아. 천생연분이 금세 찾아오겄네."

"아이고, 일없슈. 건강하시구유."

그놈의 오지랖. 나는 복채, 아니 인터뷰비를 놓아두고 자리를 일어났다.

"네가 대머리가 되지만 않는다면 연애를 피할 수가 없는디. 내 사주는 틀린 적이 없어, 이놈아."

내 뒤통수를 향해 확신에 찬 말을 쏘아대는 노파를 뒤로하고 붉은 기와집을 나왔다. 지금은 연애할 상황도 아니거니와, 내게 연애 세포라는 게 있다면 소개팅할 때 싹 다 몰살당한 게 틀림없었다. 연애하고픈 생각이 전혀 들지 않았다.

고향에서 너무 오래 있었다. 사공 선임의 말이 옳았다. 시간 낭비였다.

5. 고엽제

 셋째, 운명이 비슷했던 우리 아버지와 박씨 아저씨 두 사람은 같은 전쟁에 투입되었다. 월남전이었다. 사주팔자를 맹신하는 그들의 믿음에 따르면 당연한 건지도 모르겠다. 나의 연구 팀은 월남전에 참전한 사람들을 대상으로 투약을 했다. 반응은 극적이었다.

 "팀장님! 반응이 있어요, 있어!"

 사공이 헐레벌떡 달려와서 시험 결과를 내게 알렸다. 변화가 있었다. 월남전에 참전했던 피험자 중 몇 명에게서 체모가 전부 사라지는 경우가 나타났기 때문이다. 드디어 실마리를 찾은 것 같았다.

연구는 활기를 띠었다. 부작용을 없애는 게 궁극적인 목표였지만, 부작용이 발생하는 원인만 규명해도 시판하는 데는 문제가 없었다. 부작용이 발생하는 상황을 명시하면 될 것이었다. 이를테면 '월남전에 참전했던 사람은 전신탈모의 위험이 있으니 복용에 주의하시오' 같은.

발모제 성분의 이름은 DCT였다. 'Dreams Come True'의 앞 글자를 땄다. 나는 이 이름을 이미 2002년 월드컵 때 지어놓았다.

'꿈은 이루어진다.'

월남전에 참전했던 사람 일부에게 발생하는 전신탈모의 발생 기전은 DCT와 특정 호르몬의 결합으로부터 시작했다. 그것은 모낭을 완전히 막아버렸다. 모근을 회복시키던 DCT조차 이 호르몬에 동조하여 모낭을 파괴하면서 더욱 무서운 결과를 낳았다. 이 호르몬은 테스토스테론의 일종 같았다. 그러나 테스토스테론이 고환이나 부신에서 만들어지는 것과 달리 이 호르몬은 뇌하수체에서 생성됐다. 더욱 특이한 것은 DCT 자체가 호르몬 생성을 촉진시킨다는 점이었다. 이 호르몬은 평소에는 검출되지 않다가, DCT가 혈액에 투입되면 폭발적으로 늘어나기 시작했다.

그러므로 약을 투여하기 전에 부작용이 발생할 사람을 미리 알아낼 방법이 없었다. 연구는 다시 벽에 부딪히고 말았다. 나는 머리털이 다시 빠질 것 같은 기분이었다.

회의 끝에 우리는 월남전에 참전한 사람들에게 집중하기로 했다. 베트남에서 어떤 일이 있었던 것일까. 사공 선임은 미군이 베트남에 뿌린 고엽제가 그 원인일 수 있다고 했다. 종종 느끼지만, 사공은 머리 회전이 잘되는 사람이다. 어떨 때는 사공 선임이 팀장 같다는 생각도 들었다. 나도 사공의 가설이 유력하다는 데 동의했다. 부작용이 나타난 사람들은 모두 고엽제를 다뤘던 경험이 있었기 때문이다.

곧바로 현지 조사를 위해 아버지와 함께 베트남행 비행기에 올랐다. 사공은 수타리봉 노파를 만나러 갈 때 반대했던 것과는 달리, 배트남행에는 적극 찬성했다. 월남전에 쓰였던 고엽제를 그대로 갖고 있다는 현지인도 수배했다.

"사공! 나 죽으면 못다 한 과업을 완수하게."

"저 팀장님 없으면 안 되는 거 아시잖아요. 자, 여기 특대 사이즈 천하장사."

우리는 농을 치며 소시지를 주고받았다. 과연 특대 사

이즈 소시지는 팔목 굵기와 비슷할 정도로 굵었다. 사공 선임은 말수가 많지 않았지만, 약을 복용하고 머리털이 난 후부터는 확실히 활달해진 것 같았다.

사실 베트남에 반드시 내가 가야 하는 건 아니었다. 오히려 팀원을 보내는 것이 더 나을지도 몰랐다. 그럼에도 굳이 따라나선 이유는 아버지가 느꼈을 전쟁에 대한 소회가 궁금했기 때문이다. 무엇보다 아버지와 함께한 시간이 너무 적었다는 죄책감이 이제야 밀려왔다. 더군다나 머리털을 드리지도 못했다. 있는 털조차 다 뽑아버린 아들이라니.

아버지는 제대 후 베트남에 간 적이 없다고 하셨다. 백마부대원들의 삶과 죽음이 수시로 교차했던 베트남. 아버지는 베트남에서 군 생활을 하셨지만, 그 생활이 어땠는지 단 한 번도 내게 이야기한 적이 없었다. 굳이 어디서 군복무를 했느냐고 물어보면 대답해주는 정도였다. 내가 초등학교를 다닐 무렵 어느 날, 박씨 아저씨가 우리 집 거실에 앉아 떡이 되도록 술을 마시며 했던 군대 이야기가 어렴풋이 기억났다. 거실에서 나는 소주 냄새가 싫었던 나는 내 방에 들어가 누워 있었다. 그러다 아버지와 박씨 아저씨의 대화는 문틈으로 흘러들어 왔고, 그중 몇몇은 아직도 잊히지 않는다.

"총격 소리에 잠이 깬 거여. 눈을 뜨니 김 하사가 막사로 들어와 완전무장을 지시했거든. 내가 막사를 나갔을 땐 이미 우리 중대 본부가 베트콩이 쏜 박격포에 맞아 불타고 있더라고. 우리 부대원들은 눈이 뒤집혀 곧바로 무장하고 정글로 뛰어들어 간 거여. 내가 가장 먼저 숲으로 뛰어들었지. 월매나 시간이 흘렀을까나, 저 멀리 숲에서 베트콩 두 명이 삽질을 하고 있더라고. 내가 분대장에게 보고했고 분대장이 곧바로 진격을 명령했지. 그렇게 분대가 돌격하자마자 전멸했어. 지뢰 밟아서 죽고, 나머지는 총에 맞아 죽었지. 나만 빼고 말이여, 나만 빼고……. 함정이었던겨. 나 때문에 다 죽은 거여. 성공한 작전에 묻혀서 난 군법회의에 회부되지도 않았지."

아버지의 흐느끼는 소리가 문틈으로 흘러들어 왔다.

"야, 고가 이놈아. 무슨 얘기가 어찌 그리 된디야. 느이 부대만 죽었냐. 거기 베트콩도 다 죽었잖여, 이 미친놈아. 군법회의에 회부될 사람이 느이 부대장이지, 워찌 네가 되는겨. 지랄 떨지 말어. 고팔수 네가 인마, 베트콩을 일곱이나 사살했다는 건 나도 알어. 그래서 성공한 작전이라는 거 아니여."

"내가 죽이고 싶어 그랬디야? 본능처럼 몸이 그렇게 반응하는겨. 그게 더 소름끼치더구먼."

나는 내 방에서 이불을 뒤집어쓰고 있었지만, 이상하게 두 사람의 이야기는 더 또렷하게 귓속을 파고들었다.

"팔수야, 우리 동네 속담 있잖여. 강한 놈이 오래가는 게 아니라 오래가는 게 강한 거라는 거 아녀? 그만햐, 인자 됐어."

박씨 아저씨가 마지막으로 한 말은 정말인지 알 수가 없었지만, 그 속담은 훗날 우리 동네를 배경으로 한 영화 속의 대사가 되어 동네를 돌아다녔다.

그 이후 나는 아버지의 군 생활에 대해 한 번도 물어본 적이 없었다.

6. 베트남 전쟁

 호찌민으로 가는 보잉기에는 경호원들도 동승했다. 비행기에 오르기 전, 사공이 한 말이 생각났다.
 "정부에서 팀장님을 요인 보호대상으로 지정하면 경호가 더욱 강화될걸요. 그나마 지금이 좀 더 편한 거예요."
 말도 안 되는 소리를 진지하게 하는 바람에 헛웃음이 나왔다. 국가에서 중요한 인사라고 판단되면 국가 경호원들을 이십사 시간 붙일 수 있다는 얘기였다. 나나 사공이나 머리숱에 대한 집착은 남달랐지만, 사공은 늘 한 수 위였다. 발모제를 개발했다고 장관급 경호를 받는다니 세상이 머리털 중심으로 돌아가는 줄 안다.

비행기에서 한숨 자다가 눈을 떴다. 옆자리에 아버지가 눈을 감고 누워 있었다. 아버지의 이마에는 송골송골 땀방울이 맺혀 있고 입은 조금씩 움직이며 중얼댔는데, 아마도 불길한 꿈을 꾸고 있는 모양이다. 가여워라. 나는 승무원으로부터 받은 수건으로 아버지의 땀을 닦아드렸다. 수건이 지나간 자리는 마치 볼링공처럼 광이 났다. 그때, 아버지가 눈을 번쩍 뜨며 외쳤다.

"안 돼!"

아버지는 벌떡 일어섰고, 놀란 승객 몇이 고개를 들어 우리 쪽을 쳐다보았다.

"무슨 꿈을 꾸신 거예요?"

아버지는 초점 없는 눈으로 한참을 멍하니 앉아 있더니 창밖을 보며 입을 열었다.

"영길아."

이렇게 무거운 아버지의 표정은 본 적이 없다.

"나는 머리털 때문에 가는 게 아니여. 나는 머리털 안 나도 된다. 네가 가자고 해서 가는 것 같은 모양새지만, 내가 안 가면 그만이여."

알고 있었다. 베트남의 악몽을 되새기는 것이 아버지에게 좋을 리 없을 것이다. 그러나 베트남에 가겠느냐는

권유에 아버지는 기다렸다는 듯 응했었다.

"아버지."

나는 아버지가 겪은 일들이 무엇인지 들어본 적이 없었다. 박씨 아저씨와의 대화로 미루어볼 때, 말하는 것 자체가 심각한 트라우마를 유발하기 때문일 거라 짐작할 뿐이었다.

"얘기 좀 해봐유, 그거."

"그거?"

"야, 그거."

"진짜루?"

"진짜루."

충청도 사람에게 진심을 이끌어내려면 최소한 세 번은 권해야 한다. 속 깊은 이야기를 끌어내는 데는 오죽하겠는가. 아버지는 침을 쓰읍 삼키더니 결심이 선 듯 입술을 뗐다.

"그거이 말이여……."

*

고엽제의 비가 내리지 않은 밀림은 원시 모습 그대로

였다. 숲속엔 셀 수 없이 많은 나무가 들어차 바늘 하나 들어갈 틈도 보이지 않았다.

전투기들이 머리 위로 지나갔다. 멀리 보이는 산 위로 분필로 그은 것처럼 하얀 선이 능선을 따라 이어졌다. 잠시 후 흰 선이 붉게 변하는가 싶더니 산 하나가 순식간에 화염에 휩싸였다. 쌍안경을 눈에 대면 야자수가 뿌리째 뽑혀 공중에 떠오르고 가옥이 성냥개비처럼 불타는 모습을 볼 수 있었다.

폭탄이 휩쓸고 지나간 밀림은 메케한 연기만 내뿜을 뿐, 그 어떤 신음도 내지 않았다. 늘 그렇듯 우리는 폭격이 끝난 정글 속으로 들어갔다.

몸은 늘 타르처럼 끈적이는 땀으로 번들거렸다. 굶주린 모기들은 그 위에 들러붙어 피를 빨아먹곤 했다. 어제 나와 같이 움직였던 박 상병은 지뢰를 밟았다. 내 뒤에는 박 상병 대신 김 일병이 잔뜩 긴장한 표정으로 바짝 붙어 있었다. 우리는 팔이나 다리 한 짝이 날아가지 않는 한 끝없이 작전에 투입되었다.

"대기!"

정글을 십 리 정도 가로지르니 시야가 트이면서 논이 펼쳐졌다. 민가도 몇 채 보였다. 폭격의 소나기가 닿지 않은 곳이었다. 무언가를 발견한 이 중사가 수신호로 대원들을 멈춰 세웠다. 모두 숨을 죽이며 몸을 숙였다. 귓가에서 윙 하며 딱정벌레가 날개를 펴고 날아가는 소리가 들렸다.

이 중사가 길을 안내하던 현지인 둘을 손가락으로 가리키며 내게 명령했다.

"고 상병, 쟤들 앞으로 보내."

베트남전에서 미 공군이 목표 지점을 폭격하고 지상군이 진입하는 전통적인 작전은 늘 실패였다. 수백 톤의 고폭탄을 쏟아부어도 적군은 소멸되지 않았다. 그들은 땅굴 속에 매복해 있다가 우리가 자신들의 사거리에 들어오는 순간 기습했기 때문이다. 그렇기에 소규모 대원이 산개하여 접근전을 펼치는 것이 효과가 있었고 이것은 한국군의 특기였다.

그러나 우리 소대의 방식은 조금 달랐다. 우리 소대는 민간인을 적진으로 추정되는 장소로 보내 그들로 하여금 적을 유인하여 매복 지점을 찾아내곤 했다. 소대장은 오 소위라는 장교였으나, 모든 작전은 이 중사가 지휘했다. 전투 경험이 적은 소대장은 이 중사에게 그저 풋내기 신입일 뿐이었다. 이 중사에게는 넘지 말아야 할 선이라는 게 없었다. 우리 소대가 지나간 자리는 붉은 강이 흐른 자리처럼 핏자국이 선명했다. 소대원들은 이 중사의 명령 아래 적군의 시신이나 목을 부비트랩처럼 나무에 매달아 놓았다. 그 때문에 우리 소대는 적군뿐 아니라 아군에게도 공포의 대상이었다.

그는 아군을 돕는 현지인조차 총알받이로 내세우기를 서슴지 않았다. 작전 중 그의 눈은 늘 초점이 없었다.

"현지인 길잡이 말입니까? 저 사람들은 우리랑 한 배를 타……."

이 중사는 말이 끝나기도 전에 개머리판으로 철모를 쓴 내 머리를 후려갈겼다.

"그래, 고팔수. 그럼 네가 앞장서. 적이 보이면 연막탄 터뜨리고. 다른 의견 있나?"

이 중사가 몸을 휙 돌리며 소대원들을 향해 물었다. 이 중사의 함몰된 광대뼈가 제3의 눈처럼 희번덕거렸다. 다들 아무 대답 없이 그의 눈을 피했다. 무거운 침묵만이 정글을 가득 채웠다.

이정철 중사의 고향은 서울이라고 했다. 그의 눈은 컸고 광대뼈에는 백 원짜리만 한 흰 흉터가 있었다. 그것 때문에 어떨 때는 눈이 세 개처럼 보이기도 했다.

그는 인간 미끼를 이용해 몇 번의 전투를 승리로 이끌었다. 이 중사의 승리 방정식은 그를 독재자로 만들기에 충분했다. 부대 내에서 이 중사는 작전을 성공적으로 수행하고 전투원들의 목숨을 구한 영웅이었다. 그로부터 주어지는 이 중사의 권력은 절대적이었다.

승전 후 하사되는 미국의 기름진 음식이나 냉동 맥주 등의 격려품도 그의 손안에 있었다. 모두가 그에게 머리를 조아렸다. 하지만 나는 여가 시간에는 늘 혼자 운동을 하며 마음을 다잡았다. 술을 마시지 않는 나로서는 그가 나눠주는 전리품에 관심이 없었다. 맥주와 튀김은 근육 성장에 방해가 되기 때문이다. 그는 이런 나를 보고 빨갱이처럼 독하다고 했다. 그때부터 그의 눈 밖에 났는지도 모른다.

하지만 보급을 틀어쥐고 있다는 이유만으로 소대원들이 그에게 절대적으로 충성하는 것은 아니었다. 정글에 들어서면 그는 늘 부대원들보다 조금 더 떨어진 곳에서 소변을 봤다. 그의 가랑이 사이로 쏟아지는 소변이 붉은색이라는 것을 모르는 이는 없었다. 임질 때문이었다. 매춘을 일삼던 그는 늘 성병을 달고 살았다. 광대뼈의 흉터는 위문 공연하러 왔던 가수를 막사 뒤에서 추행하다가 미군의 개머리판에 맞아서 생긴 상처였다.

그는 유대감을 강화한다는 명목으로 부하들과 함께 성매매를 하러 가거나, 심지어 부하에게 베트남 여성을 겁탈하라고 지시하기도 했다. 그가 작전 중에 민가에서 베트남인을 강간하며 공중에 총을 갈겼다는 얘기가 있었지만 그것이 헛소문이라고 생각하는 이는 아무도 없었다.

범죄로 얼룩진 작전을 이 중사가 승리로 이끌었고 그 승리를 국가가 치하했다. 이 중사의 명령은 국가의 명령이었다. 짐승의 본능과 애국심이 기괴하게 얽힌 유대감이란 범죄 카르텔의 그것을 능가했다. 부대원들은 전투를 거듭할수록 베트콩보다 그를 더 두려워했다.

결국 나는 돌연변이 세포가 모인 유기체 같은 덩어리에 융화되지 못했다. 내가 도덕적으로 민감해서가 아니었다. 삶의 방식이 다를 뿐이었다. 단지 그들과 어울리는 법을 체득하지 못했기 때문이다.

아마도 그날, 그는 내가 죽기를 바랐는지도 모른다. 그리고 나도 내가 죽기를 바랐는지도 몰랐다.

"발목지뢰 조심하고."

이 중사는 내게 연막탄을 쥐여주며 어깨를 두드렸다. 그는 나를 본보기 삼아 자신의 작은 제국을 더욱 공고히

할 셈이었다.

나는 연막탄을 손에 쥐고 논을 가로질렀다. 식은땀이 흘렀다. 매복해 있던 적군이 나를 조준하고 있을지도 몰랐다. 논 아래 개흙에 발이 쑥 들어가면서 논바닥에 자빠졌다. 새들이 일제히 비상했다. 앞의 물소가 첨벙거리며 도망가는 것이 보였다. 뒤이어 총소리가 들렸다.

탕.

나도 여기서 죽는구나.

비명이 들렸다. 김 일병의 목소리였다. 총에 맞은 사람은 내가 아니었다. 나는 논에 자빠진 채로 비명이 들린 곳으로 고개를 돌렸다. 적군은 내 앞이 아니라 우리 소대의 뒤를 반원을 그리며 둘러싸고 있었다.

"사격해!"

이 중사의 명령과 함께 소대원들의 총구가 불을 뿜었다. 그러나 적군의 위치를 알지 못하는 소대원들은 목표 지점을 모른 채 사방으로 총을 난사할 뿐이었다. 등잔 밑이 어둡다고 했던가. 적군은 우리 소대와 불과 50미터도 떨어지지 않은 곳에 엎드려 있었다.

나는 연막탄을 꺼내 던졌다. 잠복해 있던 적군이 연막탄이 있는 곳으로 움직이면서 모습이 드러났다. 그 수는 열 명도 되지 않아 보였다. 나는 무논에 엎드린 채로 베트남군의 가슴을 조준하고는 방아쇠를 당겼다.

탄피가 흰 연기와 함께 튈 때마다 적군이 하나씩 쓰러졌다. 카빈총의 탄창이 반쯤 비워졌을 땐 남은 적군 두세 명이 풀숲으로 달아나고 있었다.

"괜찮으십니까?"

나는 정신이 반쯤 나간 소대장을 일으켜 세웠다. 소대장은 총을 쏜 적도 없는지, 그가 가진 총의 안전장치는 굳게 잠겨 있었다. 길 안내를 하던 현지인 둘은 벌벌 떨며 바닥에 웅크리고 있었다. 이 중사의 눈은 분노에 잠식돼 벌겋게 변해 있었다. 그는 적군이 달아난 방향으로 절규하며 소총을 난사하는가 싶더니 총구를 현지인 둘에게로 돌렸다.

"이 개새끼들, 너희가 프락치야?"

그때 총성이 울려 퍼지고, 이 중사가 쓰러졌다.

"저, 저기!"

현지인 중 하나가 총알이 날아온 쪽으로 손을 들어 올리자, 소대원들의 화기가 다시 일제히 불을 뿜었다. 결국 우리 소대를 노리며 매복했던 적군은 모두 사살되었고 또 하나의 작은 전투에서 승리를 거둘 수 있었다.

그러나 그것은 그저 운이 좋았을 뿐이었다. 이 중사의 계획대로 현지인을 정찰대로 보냈다면 소대원 모두 몰살당했을 터였다. 그리고 이 중사의 말대로 현지 안내인이 프락치였다면 적군의 잔당을 손으로 가리킬 일도 없었을 것이다.

삶과 죽음은 종이 한 장 차이로 판가름이 났다.

*

"그래서 이 중사는 어찌 됐어요?"

내가 묻자, 아버지는 눈을 지그시 감았다.

"그때 총에 맞아 죽었지."

"누구 총에요?"

나도 모르게 그런 질문이 나왔다.

"왜, 내가 죽였을까 봐?"

"……."

혹시 하는 생각에 심장이 쿵쿵 뛰었다. 늘 사람 좋던 아버지가 이렇게 낯선 적이 없었다.

"베트콩이 죽였지 누가 죽여, 이놈아."

아버지가 이런 내 기분을 알기라도 하듯 내 이마를 툭

치며 안심시켰다. 숲속에서 날아온 한 발의 총알이 정확히 이 중사의 가슴팍을 뚫고 지나갔다고 했다.

"그나마 다행이네요."

나도 모르게 그런 말이 나왔다. 아버지도 내 말에 동의하는지 고개를 끄덕이며 말을 이었다.

"근디 이 중사가 죽기 직전에 희한한 말을 했었어."

"뭐라고요?"

"나는 죽어도 죽은 것이 아니다."

"그게 무슨 소리래요."

아버지가 침을 삼키는 소리가 유난히 크게 들렸다.

"내가 알기로는 이 중사는 결혼을 하지 않아서 공식적으로는 자식이 없거든. 하지만 아예 없지는 않았겠지."

"그럼 죽어도 죽은 게 아니라는 말은 자신의 대가 끊기지 않는다는 말이에요?"

나는 내가 내뱉고도 그 발상의 징그러움에 몸서리가 쳐졌다.

"어딘가에 이 중사의 자식들이 있겠지. 그런 생각을 하는 건 짐승 말고는 없지 않냐. 요즘 말로 사이코패스겠지. 이 중사가 안 죽었다믄 아마 전쟁이 끝나도 베트남에서 계속 살았을 거여. 자신의 세계를 계속 확장하면서…….

그게 사람이 할 짓이냐. 베트남인들에게는 우리가 악마 같은 존재였을 거여. 이 중사 말고도 민간인을 죽인 군인들이 더 있었다. 그 때문에 징역을 사는 한국군도 적지 않았어."

"예……."

"나도 한국에 와서는 몇 달 동안 미친놈처럼 하늘만 바라보고 지낸겨. 트라우마였지. 그때는 그런 말 하는 사람이 없었어. 그냥 마음이 약해서 그랬다고 혔고, 나도 그런 줄 알았던겨. 그래서 나는 잊기로 한 거여. 사실은 잊은 게 아니라 누르고 있었던 거지. 세월이 흐르니 거기에 시간의 무게가 더해져 잊을 수 있을 것 같더라. 그런데 잊힌 게 아니었어. 작아졌을 뿐, 밀도는 더 높아진 거여. 네가 베트남 얘길 꺼내니까 마침 때가 온 것 같았다. 사죄를 할 날 말이여, 나 때문에 희생된 사람들한테. 내 살아봐야 얼마나 더 살겠냐."

"예……."

나는 차마 아버지에게 공감한다고 말할 수 없었다. 공감은 함부로 입 밖에 낼 수 없는 단어였다. 전쟁을 겪지 않은 나는 아마도 죽을 때까지 모를 것이다. 이해는 할 수 있을까. 아버지는 이제야 그때의 이야기를 하고 있었다.

*

　베트남에서의 주요 일정은 두 가지였다. 우선 우리는 월남전 당시 쓰였던 고엽제를 분말 상태로 보존하여 갖고 있다는 '응우옌 짜이'라는 사람에게 샘플을 받기로 했다. 고엽제의 성분은 거의 다 밝혀졌으며, 제조하는 것도 어렵지 않았다. 그러나 월남전에 쓰였던 그 고엽제를 만들 수 있는 것은 미군뿐이었다. 하지만 미군은 자신들의 잘못이 추가로 드러나는 것을 우려했는지 고엽제의 정확한 레시피는 공개하지 않았다. 미세한 성분의 차이도 결과에 큰 영향을 미칠 수 있다. 누구나 콜라를 만들 수는 있지만 코카콜라를 만들 수 있는 회사는 코카콜라 회사뿐인 것과 같다. 그렇기 때문에 우리에게는 월남전 당시 쓰였던 바로 그 고엽제가 필요했다.

　그다음에는 베트남의 고엽제로 피해를 입은 사람 중 사전에 협의한 몇 명과 인터뷰할 예정이었다. 특이점이 있었는지 파악하기 위해서였다. 그들은 인터뷰가 끝나면 지정된 날, 지정된 장소에서 DCT 반응시험에 참가하기로 했다. 미팅을 할 사람들은 이미 섭외가 다 끝난 뒤였다. 곤란한 일정은 없었다. 빠르면 베트남에서의 일정을 일주일 안에 끝낼 수도 있었다.

여기에 아버지가 가야 한다던 퀴논과 하노이 전쟁박물관 방문이 일정에 더해졌다. 아버지가 몸담았던 백마부대는 맹호부대와 함께 퀴논 일대에서만 천 명 가까운 베트남군을 사살하고 물류 수송을 할 수 있는 베트남 1번 국도를 확보했다. 이것이 그 유명한 '오작교 작전'이었다. 한국군이 수많은 작전을 수행했던 퀴논에서는 한국군 증오비가 세워질 정도로 한국에 대한 이미지가 좋지 않다고 했다. 아버지가 전쟁의 참상을 재확인하면서 괴로워할 것을 생각하니 마음이 편치 않았다.

호찌민의 떤선녓 국제공항의 창밖으로 폭우가 내리고 있었다. 8월의 호찌민은 물이 지배하는 도시였다. 공항 라운지를 벗어나자마자 끈적한 공기가 온몸을 감쌌다. 한국의 교통체증이 심각하다지만 떤선녓 공항 앞길에 비하면 아무것도 아니었다. 대로에는 차들이 늘어선 것도 모자라 차들 사이로 오토바이들이 빈틈없이 들어차 있었다. 베트남 사람들은 비가 오는 것도 아랑곳하지 않고 오토바이를 타고 다녔다.

"안녕하세요, 알렉스 한입니다."

현지 가이드가 마중 나와 있었다. 나는 그를 우러러볼 수밖에 없었다. 키가 무척 컸기 때문이다. 자신을 알렉스라고 소개한 가이드는 한국말을 잘했지만, 눈이 깊고 코가 높아 동양인 같아 보이지 않았다. 알렉스는 우리의 마음이라도 읽은 듯 간단하게 자기소개를 했다.

"아버지가 영국인이고 어머니는 한국인이에요. 부모님은 베트남 여행 와서 만났대요. 여기서 저를 낳고 산 거죠."

그래서인지 알렉스는 영어, 베트남어, 한국어 등 3개 국어를 할 수 있다고 했다. 키는 190센티미터는 넘을 듯 훤칠했다. 얼굴은 인공지능이 만든 것 같은 미남이라 영화배우라고 해도 믿을 정도였다.

아버지는 허락도 없이 알렉스의 팔을 만지며 물었다.

"팔뚝 좀 봐. 삼 대 월매나 쳐?"

"삼 대가 뭔데요?"

"것두 몰러? 스쾃, 데드리프트, 벤치프레스 합계 아니여."

갑자기 아버지가 부끄러워졌다. 하지만 그걸 알아들은 알렉스는 우쭐한 표정으로 대답했다.

"600이요."

송 팀장이 알렉스를 보며 한심한 듯 고개를 절레절레 흔들었다.

"안 물어보셨으면 서운해서 어쩔 뻔했어요?"

아버지가 질세라 대꾸했다.

"나는 700이여."

두 근육 맨은 뇌조차 근육으로 되어 있을 것 같았다.

7. 아버지의 소원

 우리는 공항 주차장으로 가서 대기하고 있던 밴에 탔다. 알렉스가 운전석, 송희수 팀장이 조수석에 탔다. 나와 아버지는 2열에, 나머지 경호원 두 명이 3열에 앉았다. 늘 경호원들이 신경 쓰였다.
 인원이 많으니 밴을 탈 수밖에 없었다. 밴은 하노이 전쟁박물관으로 향했다.
 차에 탄 아버지가 고개를 갸웃하며 중얼댔다.
 "저기, 우리랑 비행기 같이 탄 사람이 우리 차 뒤에 있는 차를 탔네. 줄줄 쫓아오는겨?"
 나는 가죽 시트에 몸을 파묻으며 심드렁하게 대답했다.

"아유, 아부지. 같은 방향으로 갈 수도 있죠. 관광객들 구경할 데가 뻔한가 보지."

그러나 송희수 경호 팀장은 그렇게 생각하지 않았던 모양이다.

"네, 저도 봤습니다. 아버님 말씀이 맞을 수도 있어요. 혹시 모르니까 여기서 차를 한적한 곳으로 뺀 뒤에 박물관으로 들어가는 게 좋겠어요."

"그럴까요? 근데 공항에서 나온 사람들 3분의 1은 이 길로 다닙니다."

알렉스는 특별한 일은 아니라고 말하면서도 송 팀장의 말을 잘 따랐다. 사설 경호도 이런데 국가 요인 경호는 얼마나 복잡할지 예상도 되지 않았다. 전쟁박물관은 공항에서 6킬로미터도 채 떨어지지 않았다. 그 길을 일부러 멀리 돌아가고 있었다. 관광객이 많이 찾으니 동선이 겹칠 수도 있는데, 송 팀장이 과민하게 반응하는 것일지 모른다. 앞으로 이런 일이 계속 벌어질 거라 생각하니 벌써 피곤했다.

언제 그랬냐는 듯 거짓말처럼 비가 멈추고 강렬한 햇살이 땅바닥을 비추고 있었다. 창밖을 내다보니 도로변의 커다란 간판에 익숙한 사람의 얼굴이 인쇄되어 있었다. 안경을 쓴 중년 남자가 삼겹살을 손에 들고 웃고 있었다. 나는 그 사람을 언제 어디에서 봤는지 생각해냈다. 2002년 월드컵 때였다. 어떤 여자가 나를 보며 삼촌이냐고 내 친구에게 물었던 그날, 그는 국가대표 코치로 화면 속에 등장했었다. 그도 나와 같은 동족이었다. 나는 탈모가 주는 슬픔에 빠졌지만, 화면 속의 그는 그런 건 아랑곳하지 않고 기쁨을 나누었다.

"아니, 저분 얼굴이 저기 왜……."

"아, 박항서 감독. 저도 알아요. 베트남 국가대표팀 감독 한 적 있죠. 저분이 감독이었던 시절엔 동남아시안 게임 우승, 스즈키컵 우승……. 뭐, 베트남 축구계의 영웅이죠."

알렉스가 신이 난 듯 대답했다. 조각 같은 외모에 어울리지 않는 백치미가 있었다.

"이놈이 티브이를 안 보니 모르네그려. 저 사람이 큰일했어. 저 양반 때문에 베트남에서 우리나라 사람에 대한 인식도 많이 좋아졌다는 거 아니여?"

한 우물만 파며 노력한 사람이 나뿐만이 아니라는 생각이 들었다. 왠지 모를 동질감이 느껴졌다.

그러던 사이 우리가 탄 밴은 외곽으로 빠져나갔다. 우

리를 미행하는 차는 더 이상 보이지 않았다.
"알렉스, 박물관으로 차를 돌려요."
 송 팀장의 예상은 틀렸다. 그러나 룸미러로 보이는 그녀의 표정에 미안함이라고는 손톱만큼도 찾아볼 수 없었다. 다시금 첫 소개팅의 그녀가 떠올랐다. 송희수 팀장처럼 쌀쌀맞았지. 송 팀장이 대머리를 싫어한다는 데 일억이라도 걸 수 있을 것 같았다. 그런 생각을 하자 내 손이 나도 모르게 머리 위에 올라가 있었다. 아직도 내가 대머리가 아니라는 것이 실감 나지 않았다.

 매년 수십만 명이 방문한다는 전쟁박물관은 웬만한 구청 건물보다 작았다. 건물 바깥으로 베트남전에 쓰였던 비행기며 탱크들이 박물관을 지키듯 주위를 둘러싸고 있었다.
 우리는 박물관 안으로 들어섰다. 벽에는 전쟁의 참상을 알리는 사진들이 가득 붙어 있었다. 아버지의 시선이 한 사진에 멈췄다. M16 소총에 두개골이 모자처럼 걸려 있는 사진이었다.
"왜 총에 해골을 걸어놨을까요?"
 내가 중얼거리자 알렉스가 가이드답게 설명했다.

"미군 중 일부는 베트남 병사의 두개골을 막사 입구에 걸어놓기도 했는데, 베트남군을 위협하려는 의도였죠. 그리고 자신들의 두려움을 이겨내려는……."

"주술적인 의미가 더 강하지 않았겄어?"

아버지가 알렉스의 말을 끊었다. 아버지에게는 낯설지 않은 풍경인 모양이었다.

"네?"

"지금은 이해하긴 힘들겄지만 말여. 저 해골이 자기를 지켜준다고도 생각했던 모양이여. 근디 우리는 조금 달랐지. 미군은 해골을 걸어뒀지만 우리는 시체를 나무에 걸어놓았어. 모두가 우리를 두려워했지. 베트콩뿐 아니라 미군들조차도. 우리 군인 한 명이 죽으면, 베트콩이든 민간인이든 살려두지를 않았으니까."

아버지는 천천히 발걸음을 옮겼다. 발걸음을 내딛을 때마다 아버지의 눈시울도 붉어졌다. 사람을 매달고 가는 탱크, 구덩이에 아무렇게나 쌓여 있는 사람들, 총살당하기 직전 울부짖는 사람. 지금은 지구상에 없는 이들의 사진이 끝없이 펼쳐졌다.

아버지는 크게 숨을 들이쉬더니 걸음을 멈췄다.

"우리는 너무 많은 사람을 죽였어."

나는 아버지의 말이 사실이 아니길 바랄 뿐이었다.

박물관에는 고엽제 피해를 알리는 코너가 따로 있었다. 사진을 보니 고엽제가 살포된 숲속의 나무가 황산이라도 맞은 것처럼 껍질이 죄다 벗겨져 있었다. 하도 황량해서 지구가 아닌 것처럼 느껴졌다. 마치 탈모인의 머리 같았다. 아버지처럼. 그 폐허가 된 대지에 선 베트남 농민의 무표정한 얼굴이 삭막함을 자아냈다.

"영길아."

"네?"

아버지가 나를 불렀을 때, 내 생각이 들킨 것만 같아 반소매 밖으로 드러난 팔에 소름이 돋았다.

"발모제 있잖여, 그거 부작용 꼭 치료해야 한다."

휴우.

"예, 아부지. 그게 만약 고엽제 때문이라면 반드시 부작용을 없애볼게요. 그러려고 왔잖아유."

부작용이 개선된다면 아버지도 고엽제에 노출된 탈모인을 위해 작지 않은 공헌을 한 셈이다. 반짝이는 아버지의 머리가 오늘따라 외로워 보였다. 모자라도 쓰시지. 아버지는 자신의 머리뿐 아니라 베트남의 대머리들을 모두 걱정하고 있었다. 아, 대머리들의 연대는 피보다 진할지도 모른다. 대머리들이 정치세력이 되면 그 무엇도 못 할 일이 없을 것이다. 어째서 정치인들은 대머리를 두려워하지 않는가!

"그리고 있잖냐."

"뭔데유?"

아버지가 엄숙한 표정으로 내게 말했다.

"월남전 때 한국군하고 베트남 여성 사이에서 태어난 사람을 라이따이한이라고 한다. 그런데 제 아버지를 모르는 라이따이한이 아직도 많아. 자식 놓고 도망간 아버지도 있고, 어쩔 수 없는 사정이 있어서 생이별한 경우도 있지. 내가 베트남 교민 단체에 기부하는 건 알지?"

"예, 아부지."

아버지는 베트남전 이후 베트남에 온 적이 없었다. 전쟁의 흔적을 다시 마주하는 것이 괴로웠기 때문이라는 것은 굳이 설명하지 않아도 알 수 있었다.

"어찌 된 게, 이 쓸데없는 전쟁의 상처는 아무리 씻어도 지워지지 않아. 그러니까 영길아, 나는 라이따이한하고 그 후손들 복지재단을 만들면 워떨까 싶은겨. 여기 오니 그런 생각이 드네."

"아부지가 돈이 어딨슈?"

"네가 만들면 되지, 이놈아. 넌 돈 많지 않냐."

"아니, 유산은 못 물려주실망정 그게 무슨……."

크게 어려운 일은 아니었지만, 너무 자연스럽게 삥을 뜯어가려는 모습에 헛웃음이 나왔다.

"남아 있는 내 머리털 다 뽑힌 게 누구 때문이여?"

아버지의 한마디에 갑자기 분위기가 엄숙해졌다. 내 탓이다.

나는 부동자세가 되어 대답했다.

"네, 아버지. 반드시 만들도록 하겠습니다."

어쩔 수 없었다. 아버지의 눈매가 날카로웠다. 복지재단 열 개라도 만들어드려야 할 것 같았다.

"잘혀라."

"근데 아부지, 재단 만들면 이름은 뭐라고 해유?"

"이름은 아직 생각 안 해봤는디……. 천천히 생각해보자."

"아버지 없는 자식 재단?"

"영길아."

"예, 아부지."

"요즘 숨 쉬기 귀찮은겨?"

아버지는 진심이었다. 나는 아버지가 남에게 피해를

주고 살지 않는 사람이라는 건 알았지만, 이 정도로 이타적인 줄은 몰랐다. 순간 머리에 스치는 생각이 있었다. 아버지가 혹시?

"아부지, 혹시 베트남에서 연애하셨어유? 저 말고 배다른 형제가 있다든지……."

나는 비명을 질렀다. 아버지가 내 뒤통수를 때렸기 때문이다.

"대머리는 베트남에서도 인기가 없어, 이놈아……. 그러고 싶어도 안 되는 걸 자식이라는 놈이 왜 몰러."

8. 송 팀장의 비밀

 주위를 둘러보니 관광객 대부분이 백인이었다. 알렉스에게 이유를 묻자, 미국 관광객들의 필수 견학 장소라고 했다.
 아버지가 한 백인 남성을 쳐다보며 중얼거렸다.
 "저 사람 왜 낯이 익지."
 호리호리한 체격의 남자는 키가 180센티미터는 되어 보였다. 백인이기도 했지만 유난히 피부가 창백하여 백지 같았다. 그는 관광 책자를 보는 데 열중하고 있었다.
 "공항에서 우리 차 뒤에 있던 사람입니다."
 송 팀장이 확인해주었다.

"저 사람도 공항에 오자마자 전쟁박물관으로 왔나 보네요. 흔한 일입니다."

알렉스가 아버지를 안심시키려는 듯 거들었다.

"내가 얼핏 봤는디, 흔하디흔한 관광객치고 눈빛이 남다르던디……. 매섭다고 해야 하나, 뭔가 수상햐."

"저 사람 우리랑 같은 비행기 탔어요. 외국인이 한국에서 베트남까지 와서 한국인처럼 여행을 하고……. 한국에서 태어난 백인일까요?"

송 팀장은 의심을 거두지 않았다. 그러는 사이 그 백인은 자리를 뜨고 있었다.

"알겠습니다. 혹시 모르니 하루 먼저 퀴논으로 갈까요?"

알렉스가 제안했고, 우리는 모두 동의했다. 알렉스는 별일 아니라고 생각하는 듯했지만, 아까처럼 송희수 팀장의 말에 토를 달지 않고 대체로 동의했다. 원래는 호찌민에서 일박을 하기로 했었다. 그러나 그 백인 덕에 호찌민 떤선녓 공항에서 바로 퀴논으로 떠나기로 한 것이다.

퀴논은 호찌민에서 차로 열두 시간, 비행기로는 한 시간 남짓 걸리는 동쪽 해안가에 있었다. 차로 열두 시간이라니, 넓지 않은 도로 사정을 감안하더라도 베트남이 넓은 나라라는 것이 비로소 실감 났다. 고엽제 샘플을 건네받기로 한 곳이 퀴논이었다. 쉬지도 못하고 이동하는 것이 피곤해도 가이드와 경호원 말에 따르는 수밖에 없었다. 전문적으로 훈련받은 송희수 팀장과 전쟁 경험이 있는 아버지가 이상을 감지했다는 사실을 그냥 넘길 수만도 없었다.

퀴논의 푸깟 공항으로 향하는 도중 수상한 사람을 보지는 못했다. 박물관에서 봤던 그 백인 남자도 없었다. 우리가 탄 퀴논행 비엣젯 항공기는 60석 남짓을 갖고 있는 작은 기체였기 때문에 한눈에 승객들을 파악할 수 있었다. 푸깟 공항에 도착하여 시계를 보니 오후 두 시도 채 되지 않았다. 비행기 시간이 새벽 세 시의 강남 대로 연결 신호처럼 잘 맞았다. 알렉스가 서울에서 박물관 구경을 하고 부산에 도착해도 이보다 더 빨리 오기 어렵지 않느냐고 물었다. 나중에 안 사실이지만 송 팀장이 최대한 효율적으로 동선을 짠 덕분이었다. 그러고 보니 우리는 점심도 먹지 않았다. 고엽제 샘플을 받는 날은 이틀 뒤였으므로 어느 정도 시간이 있었다. 우리는 바닷가의 호텔에서 휴식을 취하기로 했다.

호텔 앞으로 푸른 바다가 펼쳐져 있었다. 그제야 이 퀴논이라는 지역이 해안 도시라는 것을 깨달았다. 공항과 항구가 인접해 있는 곳치고는 의외로 사람이 많지 않았다. 푸깟 공항의 안내 책자에는 이 도시의 인구가 오십만 명이라고 적혀 있었다. 인구는 부산의 5분의 1도 되지 않았다. 바다가 없는 청주가 내 고향이어서일까, 바닷가에서 사는 것에 대한 환상이 있었다. 에메랄드빛으로 넘실대는 바다를 보니 아까의 긴박했던 상황은 아스팔트 위의 눈처럼 순식간에 녹아 사라졌다. 아버지도 맘에 들어 하기를 바랐다.

그러고 보니 아버지와 언제 마지막으로 함께 여행했는지 기억도 나지 않았다. 바쁘다는 핑계로 아버지에게 소홀했다. 아버지는 한 번도 내게 무엇이 되라고 하신 적이 없었고, 내가 원하는 것에 반대하신 적도 없었다. 그저 나를 믿어주셨다. 아버지의 지원이 없었다면 학교를 졸업할 수도 없었을 것이다. 베트남은 내가 못된 아들이라는 사실을 상기시켜주는 나라였다.

그때 핸드폰이 울렸다. 사공이었다.

"왜 전화질이야."

사공 선임의 우물거리는 소리가 수화기 밖으로 들렸다. 여전히 소시지를 씹으며 지내는 모양이었다.

"팀장님 안 계시니 재미도 없고…….."
"말도 안 되는 소리 하고 있네."
아무 말을 숨 쉬듯 하는 게 특기지만 미워할 수가 없었다.
"진짜예요. 아무리 생각해도 연구가 진척이 없네요. 아무래도 팀장님이 샘플을 가져와야 뭐가 될 것 같아요. 가신 김에 편하게 쉬다 오세요, 팀장님. 참, 호찌민에 기가 막힌 맛집 있다는데, 미슐랭 쓰리 스타도 있고……."
"여기 호찌민 아닌데?"
"에? 그럼 어디신데요?"
"퀴논이야."
"벌써요? 거기는 내일 가신다고 했잖아요."
"그렇게 됐어."
사공 선임에게까지 경호 문제가 어떻고 설명할 필요는 없었다.
"갑자기? 이야, 무슨 좋은 일이라도 있는 거예요?"
"뭘 그렇게 물어봐. 질투하는 거야?"
"아이고, 됐거든요? 더운 데는 저도 딱 질색이에요. 근데 맥주는 좀 부럽네요. 사이공 맥주 맛있다던데……. 나도 그거 마실 수 있는데……."

젊은 나이에 연구실에만 처박혀 있는 걸 보면 나도 나지만 사공이야말로 진정 연구 자체를 사랑하는 것이 분명했다. 사이공 맥주를 마시더라도 안주는 소시지를 먹겠지. 그러고 보니 사공이 준 소시지가 주머니에 그대로 들어 있었다. 쓸데없이 크고 단단했다.

"나 입국하면 사공 선임도 휴가 내. 안 내면 징계야. 아니면 지금 내든지. 쉬지도 않으면서 징징대."

정말 강제로라도 휴가를 보낼 생각이었다. 요즘 부쩍 귀찮게 하는데 히스테리로 발전될 가능성이 있었다.

"그럼 시걸 호텔 가신 거예요?"

"시걸 호텔은 내일 묵을 거고 여긴 다른 데 같은데, 어디 보자……."

그러고 보니 호텔 이름도 모르고 들어왔던 것이다. 가이드가 있으니 호텔 이름 따위 몰라도 되어 편했다. 나는 벽에 붙은 글자를 찾아 읽었다. 'Grand Quy Nhon 3 Hotel'이라고 쓰여 있었다.

"여기가 그랜드 퀴논……."

도중에 누가 어깨를 두드렸다. 고개를 돌려보니 오토바이 두 대가 내 옆을 스치듯 지나가고 있었다. 뭔가 허전함이 느껴져 봤더니 내가 맨손에 대고 말을 하고 있었다.

핸드폰이 보이지 않았다. 뒤에 있는 라이더의 손에 내 핸드폰이 들려 있었다. 앞에 있던 송 팀장은 기다렸다는 듯 먼저 오는 라이더를 향해 팔을 뻗었다. 라이더는 철봉 같은 송 팀장의 팔에 목이 걸려 공중에 붕 떴다. 주인을 잃은 오토바이가 옆으로 나뒹굴었다. 송 팀장은 곧바로 바닥에 굴러다니는 라이더의 헬멧을 집어 핸드폰을 가진 라이더를 향해 던졌다. 날아간 헬멧은 정통으로 라이더의 뒤통수에 맞았다. 그 역시 오토바이와 분리되고 있었다. 송 팀장은 강속구를 뿌린 투수처럼 발을 하늘을 향해 들어 올린 채로 멈춰 있었다. 이 모든 동작이 단 몇 초 만에 이루어졌다.

나는 완전히 얼이 빠져 있었다. 이렇게 제대로 들어간 클로즈라인은 프로레슬링 경기에서도 본 적이 없었다. 드웨인 존슨의 경기가 이랬을까. 호텔 앞 도로에는 이인조 날치기와 오토바이 두 대가 널브러져 있었다.

그리고 격한 움직임에 송 팀장에게서 떨어져 나간 것이 있었다. 송 팀장은 바닥에 떨어진 그것을 곧장 주워 주머니에 넣었다. 그것을 본 나는 너무 놀라 각목처럼 몸이 경직되었다.

"이런 날치기는 십중팔구 경찰에 신고해도 소용없으니

조심하는 수밖에 없어요."

핸드폰을 건네주는 송 팀장의 얼굴이 붉게 상기되어 있었다. 나와 아버지는 그제야 헤벌어진 입을 다물었다. 날치기들이 엉거주춤 일어나 도망가고 있었다.

아버지가 내 소매를 끌어당기며 송 팀장에게 말했다.

"저기, 화장실 좀……."

화장실 안으로는 심우준 요원이 따라왔다. 송 팀장이 남자 화장실 안까지 들어와 경호할 수는 없었다.

아버지가 토끼 눈을 하고 내게 속삭였다.

"본겨?"

나는 말없이 고개를 끄덕였다. 송 팀장이 떨어뜨린 것은 가발이었다. 우리는 휑한 그녀의 정수리를 보았다. 정신없는 상황이었지만, 오랜 기간 탈모를 겪은 나와 아버지가 그것을 놓칠 리 없었다. 송 팀장이 날치기들을 제압한 것보다 더욱 놀라운 사건이었다. 송 팀장이 탈모인이었다니!

아버지가 화장실에서 내 옆구리를 찌르며 말했다.

"가발 추스를 시간은 줘야지."

"그러려고 했슈. 저도 그 정도는 알어유."

"팀장 아가씨도 처지가 딱하구먼. 워쩌다 그래 됐댜."

8. 송 팀장의 비밀 99

새알처럼 매끈한 머리를 한 아버지가 당신의 처지를 잠시 잊고 타인을 걱정하고 있었다. 그나저나 어쩌다가 저리 머리숱이 없어졌을까. 여성탈모의 고통은 남자의 그것에 비교도 안 된다고 했다. 탈모인의 마음을 모를 거라는 송 팀장에 대한 선입견이 떨어져 나간 가발과 함께 날아가는 순간이었다.

"툴툴대지 말고 잘햐, 이놈아. 내가 전에 경호 비슷한 거 해봐서 아는디, 송 팀장 말 틀린 거 하나 없어."

나는 아무 말도 할 수 없었다. 화장실에서 나오니 송 팀장의 머리는 전처럼 단정한 쇼트커트로 돌아와 있었다.

9. 납치

 어느덧 해가 저물고 있었다. 알렉스는 안내를 마치고 퇴근했다. 그는 내일 아침에 호텔에 찾아오기로 했다. 아버지와 나는 바다가 보이는 라운지 바에 앉아 사이공 맥주를 마셨다. 베트남의 석양이 퀴논 전체에 아름답게 퍼져나갔다. 이렇게 망중한을 보내는 와중에도 송 팀장과 경호원은 쉬지 않고 서 있었다. 아무리 일이라지만 내가 다 불편했다.

 "우리만 이렇게 먹어서 어떡해요?"

 정말 미안해서 물어본다는 게 약 올리는 것처럼 느껴질 듯하여 아차 싶었다. 그러나 송 팀장은 전혀 흔들림 없이, 고개 한번 돌리지 않고 대답했다.

"이번 출장 경호 같은 건 특수한 경우니까요. 그리고 아시겠지만, 교대로 쉽니다. 경호원이 한 명이 아니니까."

그러고 보니 엄상백 요원이 보이지 않았다. 근처에서 휴식을 취하는 중이라고 했다. 지난번 송희수 팀장이 KTX에서 자기소개를 한 게 떠올랐다. 사실 그 이후에 경호원들 이름도 모르는 사실이 스스로 한심하게 느껴져서 늦게나마 회사에 경호원들의 프로필을 요청했었다. 그랬더니 메일을 보지 않았느냐는 대답이 돌아왔다. 회사에서는 훨씬 이전에 경호원 프로필을 메일로 보냈다고 했다. 그냥 내가 확인하지 않은 것이었다.

심우준 요원과 엄상백 요원은 태권도, 유도, 검도 유단자에 영어와 중국어를 할 수 있다고 되어 있었는데, 송 팀장의 이력은 두 요원의 것과는 차원이 달랐다. 프로필에 따르면 영어, 일어, 중국어 등 5개 국어의 공인 시험 점수가 최고 레벨이고, 주짓수, 유도, 태권도 등 무술 단수의 합이 17단이었으며, 레슬링과 복싱에도 능하다고 적혀 있었다. 순간 조금 아까 날치기를 삽시간에 제압하는 장면이 떠오르자 나도 모르게 등골이 서늘해졌다.

이런 능력을 갖고 어째서 경호원을 하고 있는지 궁금

했다. 아무리 취업난이 심하다지만 이 정도 스펙을 가진 사람이 경호원 같은 3D 업종을 선택한 이유가 있을까.

"왜 이 일을 선택하게 됐나요?"

내가 묻자 송 팀장이 고개를 돌리며 뭐라고 말했는데, 하나도 알아듣지 못했다. 송 팀장과 제대로 눈이 마주치는 순간 전기충격이라도 받은 듯 굳어버렸기 때문이다. 연애 세포는 다 죽은 줄 알았는데! 수십 년 만에 느끼는 감각이었다. 그녀의 입 모양으로 추정컨대, "돈을 많이 줘요"라고 말하는 것 같았다. 이럴 리가 없는데. 나는 육체의 오작동이라고 믿고 싶었다. 아니면 발모제의 부작용 중 하나든지.

"아, 돈을 많이 줘서……. 그렇죠, 돈이 최고지."

나는 초점 나간 눈으로 비 맞은 중처럼 중얼거리고 있었다. 그녀의 탈모에 대해 궁금했지만, 그것을 물어볼 용기는 없었다.

"그러므는……."

아버지가 남은 맥주를 입에 털어 넣었다.

"난 들어갈 거니께 일찍들 쉬어."

아버지가 로비 구경을 한다며 먼저 바를 나섰다. 나는 야경을 보면서 계속 앉아 있었다. 우리가 앉아 있는 라운지 앞 해안도로에서는 요란한 불빛과 소리를 내며 경찰차와 구급차들이 줄지어 지나갔다. 나는 맥주를 들이켜며 중얼댔다.

"어디 불이라도 났나 보네요. 아니면 누가 핸드폰이라도 강탈당했든지."

송 팀장도 같은 곳을 바라보고 있었다.

"아까 같은 날치기나 소매치기는 그렇게 흔한 편은 아니지만 누군가 훔쳐 간 물건은 되찾을 확률이 거의 제로라고 보면 돼요. 경찰에 신고해도 시간 낭비인 경우가 많죠."

그 뒤에도 인도 안쪽으로 걸어라, 가방을 양쪽으로 메라 같은 잔소리를 들은 것 같은데 한 귀로 듣고 흘렸다. 나는 취기가 올랐는지 '그러니까 송 팀장님이 잘 지켜주세요'라고 말할 뻔했다. 쉬는 시간에도 잔소리를 듣고 싶진 않았다. 송 팀장의 말을 잘 들어야겠다는 다짐이 금세 풀어졌다. 어디서부터 그런 반골 기질이 생겼는지 알 수가 없었다.

"경호 대상에 대해서는 얼마나 알고 있나요?"

그녀에 대해 궁금한 것을 묻는 대신 내 이야기를 하는 게 나을 것 같았다. 그러면 그녀도 자기 얘기를 할 거라는 밑천 없는 확신 같은 게 있었다.

"1981년 충청북도 청주 출생. 뭐, 이건 구글링만 해도 나오는 거고……. 꾸준히 인내하는 것이 특기. 그래서인지 공부를 잘했죠. 연애는 한 번도 해본 적 없는데 처음 한 소개팅에서 차인 쇼크 때문에 그런 거 같고. 잘하는 운동 없고, 좋아하는 운동도 없고, 친구도 딱히 없고, 연구실에서만 10년 넘게 계셔서 히키코모리랑 별로 다를 게 없다는 것 정도?"

순간 머리통이 타종봉으로 얻어맞은 보신각종처럼 울렸다. 도대체 그런 정보는 누가 줬을까.

"그런 걸 알면 경호하는 데 도움이 돼요?"

나는 충격에 휘청대면서도 냉정을 찾으려 애를 썼다.

"기본적인 정보는 알아야겠죠. 그런데 고 박사님 같은 경우는 조금 더 자세히 알게 된 경우에요. 그건 경호 말고 다른 이유도 조금 있죠."

"다른 이유라니, 이를테면?"

맘 같아서는 송 팀장을 당장 퇴근시킨 후 보드카라도 손에 들려주고 싶었다. 혼자 취하는 건 불공평했다.

"뭐랄까, 동병상련?"

송 팀장은 내가 아닌 밖을 보면서 이야기하고 있었다.

라운지 밖에서 심우준 요원이 이쪽으로 급히 달려오는 게 보였다.

"팀장님, 여기 호텔 직원이 그러는데 한 블록 떨어진 그랜드 퀴논 1 호텔에서 폭발 사고가 일어났답니다."

경찰차가 출동한 쪽인 듯했다.

"거기 알렉스하고 엄 요원이 묵고 있는 호텔이잖아? 연락해봤어?"

"그게…… 연락이 안 됩니다."

여기는 그랜드 퀴논 3 호텔이었다. 퀴논에는 그랜드 퀴논 호텔이 세 개 있다고 했다. 송 팀장은 엄 요원이 묵는 숙소에 내 이름으로 방을 예약했다가 투숙 직전에 예약자 이름을 엄 요원으로 변경했다. 그때는 이해되지 않았지만, 이제야 그게 타깃을 분산시키기 위한 조치임을 알 수 있었다.

"호텔 로비로 가서 아버님을 찾아야 해요. 심 요원은 그랜드 퀴논 1 호텔로 가서 알렉스와 엄 요원의 상태를 파악해. 일단 여기를 뜨자."

송 팀장은 호텔 현관을 내려다보다가 뭔가를 발견하고는 내게 고개를 돌렸다.

"그 사람이에요, 호찌민 전쟁박물관에서 본 백인."

"네? 그게 말이 돼요?"

"우리 일정을 알고 있는 사람이 없는데……."

나는 알렉스가 의심스러웠다. 내가 모르는 사람은 그 외에 떠오르지 않았다.

"의심할 사람이 알렉스만은 아니에요."

송 팀장은 내 생각을 읽고 있었다.

"일단 지금은 피하는 게 우선이에요. 빨리 내려가요."

송 팀장의 눈시울이 붉어지기 시작했다. 나는 그것이 의미하는 바가 무엇인지 물을 수 없었다. 한여름이지만 한기가 느껴졌다. 무슨 일이 일어나고 있었다.

엘리베이터 스위치를 눌렀다. 억만년처럼 긴 시간이 지난 후, 엘리베이터 문이 열렸다. 안에 흰옷을 입은 호텔 직원이 타고 있었다. 직원은 송 팀장과 내가 올라타자마자 닫힘 버튼을 눌렀다. 송 팀장이 잠깐 고개를 숙였다가 호텔 직원의 신발을 보더니 재빨리 열림 버튼을 눌렀다. 호텔 직원이 신은 신발은 군화였다. 그러나 엘리베이터는 움직이는 중이었고 문은 열리지 않았다. 직원은 주머니에 넣고 있던 손을 빼려고 했으나 송 팀장이 더 빨랐다. 송 팀장은 직원의 왼손을 양손으로 잡고는 그의 머리에 박치기를 날렸다. 직원의 고개가 휘청대면서 뒤로 젖

혀졌다가 다시 앞으로 접혔다. 송 팀장은 그 틈을 놓치지 않고 그의 얼굴을 향해 니킥을 꽂았다. 그러나 그는 양손으로 송 팀장의 무릎을 막아냈다. 전열을 가다듬은 그는 엘리베이터 벽에, 송 팀장과 나는 엘리베이터 문을 등지고 있었다. 그와 송 팀장이 대치하고 있는 순간이 슬로비디오처럼 천천히 흘렀다. 송 팀장이 먼저 움직였다. 그녀는 손을 뒤로 뻗어 손에 닿는 버튼들을 모두 눌렀고, 그는 왼손으로 기어코 주머니에 있는 무언가를 꺼냈다. 손에는 흰 헝겊이 들려 있었다.

송 팀장이 외쳤다.

"박사님, 숨 쉬면 안 돼요!"

송 팀장은 다시 그의 왼팔을 노렸지만, 의도를 알아챈 그가 오른손으로 송 팀장의 얼굴을 향해 주먹을 날렸다. 송 팀장이 위빙으로 그의 주먹을 피했다. 송 팀장의 얼굴 위쪽에 붉은 선이 생기는가 싶더니 피가 흘러내렸다. 그의 오른손에서 무언가가 반짝였다. 송 팀장은 그의 주먹은 피했지만 주먹에 들린 나이프까지 피하진 못했다. 그때, 등 뒤의 엘리베이터 문이 열렸다. 송 팀장이 왼손으로 잽을 날리려는 포즈를 취하자 녀석의 어깨가 움찔거렸다. 송 팀장은 순간을 놓치지 않고 내 어깨를 움켜쥔 채

몸을 날려 그의 몸통을 향해 드롭킥을 날렸다. 그는 킥을 피하려고 허리를 뒤로 젖혔으나 잘못된 선택이었다. 덕분에 송 팀장의 양발은 그의 가슴이 아닌 머리에 꽂혔다. 그의 머리가 엘리베이터 벽과 송 팀장의 발 사이에서 짓이겨지고 있었다. 그 반동에 나와 송 팀장은 엘리베이터 바깥으로 튕겨져 나갔다. 녀석이 머리에 피를 흘리면서 주저앉았다. 문이 닫히고 있었다.

송 팀장이 쓰러진 나를 잡아 일으키며 말했다.

"이제 숨 쉬어요."

"네……."

나는 정신이 나가서 내가 숨을 쉬었는지 말았는지도 알 수 없었다.

"계단으로 내려가야 해요."

숨을 돌릴 새가 없었다. 우리가 엘리베이터에서 튕기듯 내린 곳은 4층이었다. 1층으로 내려가는 계단이 63빌딩의 그것처럼 길어 보였고 심장은 터질 것처럼 뛰었다. 3층과 2층의 계단을 지나 1층 계단참의 문을 열어젖히니 로비 정문이 보였다.

"그 사람이에요."

그 백인은 호텔 안으로 들어오지 않고 정문 밖에 서 있었다. 그와 눈이 마주쳤다. 송 팀장은 그를 주시하면서도 섣불리 달려가지 않았다. 나는 그의 주변으로 시선을 돌렸다. 아버지를 찾아야 했다.

"아부지!"

로비의 반대쪽에 아버지가 보였다. 아버지는 무사했다. 나는 아버지를 향해 손을 흔들었다. 가슴을 쓸어내릴 새도 없었다. 우리는 아버지를 향해 달려갔다. 빨리 이곳을 벗어나야 했다. 아버지도 나를 향해 손을 흔들고 있었다. 그러나 이내 웃고 있는 아버지 머리 뒤로 흰 헝겊이 아버지의 입을 가렸다. 아버지는 바람 빠진 풍선처럼 축 늘어졌다. 아버지의 뒤에 서 있는 사람은 엘리베이터 안에서 쓰러진 그 녀석이었다. 송 팀장이 아버지를 향해 전력으로 질주했으나 그가 더 빨랐다. 호텔 직원 복장의 그 녀석은 손에 든 무언가를 하늘 높이 들었다가 바닥에 내려놓고는 아버지를 끌고 뒷문을 통해 사라졌다. 송 팀장이 뒷문을 박차고 나갔을 때, 오토바이에 실린 아버지의 뒷모습은 점점 작아지고 있었다.

"아……."

나는 바닥에 무릎을 꿇고 주저앉았다. 가쁜 날숨에 섞여 침과 콧물이 흘러나왔다. 온갖 부정적인 감정들이 폭발했다. 다 내 탓이라는 생각에 괴로웠다. 고개를 숙이고 있는데 눈앞에 빛과 함께 벨 소리를 발산하는 핸드폰이 보였다. 아버지를 납치한 녀석이 바닥에 내려놓은 것은 핸드폰이었다. 나는 울리는 핸드폰을 집어 들었다.

"천천히 일어나. 내 말대로 하지 않으면 고팔수는 죽는다."

나는 뻣뻣하게 굳은 관절을 겨우 움직여 일어섰다.

"호텔 로비의 회전문을 바라봐."

나는 몸을 로비 쪽으로 돌렸다. 아까 그 백인이 하얀 이를 드러내며 미소를 지었다.

"경찰에 신고하거나 회사에 연락하거나 나를 쫓아오면 네 아버지는 죽는다. 네 보디가드도 마찬가지야. 앞으로 전화는 벨이 두 번 울리기 전에 받아. 늦게 받아도 고팔수는 죽는 거야. 아, 나는 세르게이 삼소노프라고 해."

그는 제 할 말만 하고 전화를 끊어버렸다. 그는 아버지를 납치한 녀석처럼 눈앞에서 오토바이를 타고 사라졌다.

10. 지아이제인

 송 팀장과 나는 그랜드 퀴논 호텔을 벗어나 전방이 잔디밭으로 가꾸어진 평지에 우뚝 솟아 있는 리조트의 객실로 이동했다. 누군가 접근한다면 파악하기 쉬운 장소였다. 나는 머리를 감싸 쥐고 있었다. 마음 같아서는 당장 죽고 싶었지만 그럴 수도 없었다. 아버지를 구해야 했다. 슬픔에 빠지는 것조차 사치스러운 상황이었다. 마음속에서 올라오는 감정을 모두 억눌러야 했다. 나는 머릿속 어딘가에 있는 이성의 끈을 단단히 붙잡았다.

 왜 아버지까지 납치했을까. 돈 때문에? 그럴 확률이 높다. 보통 부자의 돈이 필요할 때는 부자 당사자가 아닌 그의 자식이나 부모를 납치하는 것으로 볼 때 직관적으로 돈 때문이라는 생각이 떠올랐다. 그렇다면 차라리 다행이었다. 돈이야 얼마든지 줄 수 있으니까.

"돈은 아닐 거예요."

송 팀장이 들릴 듯 말 듯한 목소리로 속삭였다.

"무슨 소립니까?"

그녀는 나를 이곳으로 피신시킨 후, 표정 지을 줄 모르는 사람처럼 얼굴이 굳어 있었다. 무서울 정도였다. 그녀의 흰색 셔츠 칼라가 피에 젖어 갈색으로 변해 있었다. 송 팀장은 요인 경호에 반쯤 실패한 데다, 동료 둘까지 잃었다. 그녀로서는 할 수 있는 것이 없었을지도 모른다. 한국 대사관과 경찰에 신고하는 것이 상식적인 방법이었지만, 그러기엔 아버지가 위험했다.

"세르게이를 실제로 본 건 처음이에요. 러시아 중앙정보국의 아시아 담당 요원이라고 알려져 있어요. 러시아 특수부대 스페츠나츠 장교 출신 첩보요원입니다. 보통 첩보원이 돈을 요구하지는 않아요."

"그런 정보는 어디에서 얻는 겁니까? 더군다나 사설 경호원이……. 국정원 직원이라도 되나요?"

"네, 맞아요. 저는 국정원 소속입니다."

"네?"

무슨 소리지 알 수가 없었다. 그냥 해 본 말이었는데! 외길제약에서 국정원 직원을 고용했다니 도무지 믿기지 않았다. 송 팀장이 동료를 잃은 나머지 망상을 여과 없이 쏟아내고 있는 건가 하는 의심이 들 정도였다.

"뉴스를 보고 아셨을지 모르겠지만, 얼마 전에 영국으로 정보를 넘겨준 러시아 스파이가 암살당한 사건이 있었어요. 사망한 스파이가 갖고 있는 정보 중에 그들이 반드시 접촉해야 할 사람 명단이 있었는데 유력 대선후보, 사회운동가, 반도체 업체 CEO, 러시아 대사 그리고 고영길 박사님이 그 명단에 있었어요. 그런데 접촉해야 한다는 내용만 있었고 그 이유는 알 수 없었죠. 스파이가 그 이유를 영국 정부에 전달하기 전에 암살당했으니까요. 사망한 러시아 스파이를 만났던 영국 요원이 그 명단을 저희에게 넘겨주었습니다. 그 요원은 박사님도 본 적이 있어요."

내가 지금 무슨 소리를 듣고 있는 것일까.

"누군데요?"

어안이 벙벙했다.

"웨인 루니요."

"으에? 루니가 MI6 요원이라도 된다는 말인가요?"

송 팀장은 계속 말을 이었다.

"맞아요. 믿기 어렵겠지만 사실이에요."

"예?"

어이가 없어서 대꾸할 기운조차 사라질 정도였다.

"덕분에 아무도 의심하지 않죠. 아시다시피 이번에 사망한 러시아 스파이는 영화배우였습니다. 스파이 트렌드가 바뀌었어요. 박사님이 청주에 있을 때, 웨인 루니가 왔다 간 후 경호 팀장이 저로 바뀌었잖아요? 루니가 국정원에 러시아가 박사님과 접촉할 거라는 첩보를 알려줬기 때문이에요."

"근데 루니가 굳이 저를 직접 만날 필요가 있었나요?"

"그건 저도 좀 의문이에요. 루니의 말로는 박사님의 사설 경호 상태를 파악하기 위해서라고 했고, 실제로 보니 경호가 영 허술했다고 했죠. 그런데 그게 사실이라고 해도 그건 저희가 알아서 할 문제지 MI6 요원이 파악할 일은 아니었거든요. 아마 박사님을 직접 만난 건 루니 개인적인 호기심 때문이었던 것 같아요."

개인적인 호기심? DCT를 팔라는 게 진심이었다는 말인가? 웨인 루니, 송희수 팀장……. 순간 이쪽 계통의 직업이 탈모와 연관이 있는 게 아닐까 하는 생각이 스쳤다. 하지만 나는 입술에 침을 바르며 하고픈 말을 삼켰다.

"저는 박사님의 경호와 더불어 그들이 왜 박사님을 만나려고 하는지 알아내는 것도 임무 중의 하나였어요. 오늘 같은 일이 발생할 줄 알았다면 요인 보호대상으로 지정했을 거예요. 그러면 엄상백 요원과 심우준 요원도 저 같은 국가 공무원으로 교체됐겠죠. 그런데 암도 아니고 탈모 치료제를 개발한 사기업 직원을 요인 보호대상으로 지정한다? 그건 명분이 좀 약했죠. 그래서 저는 한 달 전에 사설 경호 업체에 위장취업 해서 박사님을 경호하게 된 겁니다. 엄상백 요원과 심우준 요원은 진짜 사설 경호원이에요. 저와 경력이 많이 다른 건 그 때문이죠."

송 팀장의 마지막 말에 힘이 빠지고 있었다. 자책하고 있는 것처럼 보였다. 그건 그렇고, 요인 보호대상? 어디서 많이 듣던 소리다. 기억을 더듬어보니 사공 선임이 했던 말이었다. 요인 보호대상이 되면 귀찮으니 그 전에 베트남에 가는 게 편할 거라고. 사공은 그런 걸 어떻게 안 걸까? 그러고 보니 우리가 그랜드 퀴논 호텔에 들어갔다는 사실을 아는 사람은 우리를 빼면 사공밖에 없었다. 설마, 그럴 리가 없다. 확인해봐야 했다. 나는 핸드폰을 들었다. 내 핸드폰은 꺼져 있었다. 날치기당할 때의 충격으로 꺼진 듯했다. 아니나 다를까 핸드폰 뒷면이 충격을 받아 벌어져 있었다. 한심하게도 이제야 그걸 안 것이다. 벌어진 부분을 누르고 전원 버튼을 눌렀더니 다행히 재부팅되었다. 부재중 전화 세 통이 와 있었다. 셋 다 사공 선임의 전화로, 전화가 온 시간은 사공과 전화가 끊어진 직후였다. 사공이 스파이라면 내가 묵을 호텔 이름을 '그랜드 퀴논'까지만 말했으므로 그것이 그랜드 퀴논 1인지, 2인지, 3인지 확인하기 위해서 전화했을 것이다. 그런데 내가 날치기를 당하느라 핸드폰이 꺼졌고, 그들은 그랜드 퀴논 1 호텔부터 들이닥친 것이 분명했다.

속에서 무언가가 울컥했다. 아! 절망감과 배신감이 밀려왔다. 녀석은 왜 그랬을까. 알아야 했다. 난 사공에게 전화를 걸었다.

송 팀장이 말했다.

"아마 받지 않을걸요."

그녀의 말이 맞았다. 부재중 알림 메시지가 뜰 때까지 신호가 울렸지만, 사공 선임은 받지 않았다.

"저는 처음에 왜 러시아가 고 박사님에게 접촉하려 했는지 궁금했는데, 이제 그 이유가 거의 다 드러난 것 같네요. 산업 기밀을 빼내기 위한 것 같아요, 그것도 강제로."

하지만 몇 가지 의문이 아직 남아 있었다. 왜 하필 러시아일까.

그때 세르게이와 통화했던 핸드폰이 울렸다. 두 번 울리기 전에 받으라는 말이 뇌리를 스쳤다. 나는 곧바로 전화를 받았다. 아버지의 목소리가 흘러나왔다.

"영길아……"

"아부지!"

"영길아, 난 괜찮다. 혹시나 내가 어떻게 되더라도 접때 우리 말했던 거 있잖냐. 복지재단 그거. 그거 꼭 해주기를 바란다. 알겠냐? 그리고 여기가 어디냐믄……"

아버지의 말이 끊어지더니, 녀석의 목소리가 들렸다. 세르게이.

"고영길 박사, 많이 놀랐지? 아버지는 살아계셔. 나는 약속을 지키는 사람이거든. 고 박사가 내 말을 어기지 않았으니까. 앞으로도 그렇게 하면 되는 거야. 내일 아침에 다시 전화할게. 오늘 힘들었을 텐데 푹 자두라고. 내일은 더 힘들 수도 있으니까."

그는 이번에도 일방적으로 자기 할 말만 하고 끊었다.

아버지가 살아 있었다. 나는 다리가 풀려 주저앉고 말

았다. 완전히 긴장이 풀려버렸다. 목이 말랐다. 냉장고의 생수를 꺼내 들이켰다. 깊은 한숨이 나왔다. 맛도 모르는 담배가 피우고 싶을 지경이었다.

"아버님이 무사하셔서 다행이네요."

송 팀장도 그제야 옆에 있는 팔걸이의자에 앉았다. 나는 송 팀장의 안위를 물었다.

"괜찮아요?"

그것은 울리지 않는 메아리 같았다. 그 말을 하는 것 말고는 할 수 있는 것이 없었다. 나의 무력함이 드러나 발가벗겨진 것 같았다. 내 몸 하나 못 지킨다는 사실이 부끄러웠다.

"네, 괜찮아요."

송 팀장이 이마를 두 손가락으로 훔쳤다. 손가락에 진득한 피가 묻어 나왔다. 그랜드 퀴논 호텔에서 체크인한 후, 객실로 들어가지 않은 것은 불행 중 다행이었다. 덕분에 인천공항에서 출국할 때 갖고 있던 배낭을 그대로 들고 있었다. 배낭에는 노트북, 속옷, 구급 키트 그리고 시험용 DCT가 들어 있었다. 아버지가 납치당하는 일이 없었다면 DCT는 내일 만나기로 한 베트남 현지인에게 투여할 예정이었다. 나는 배낭을 열어 구급함을 꺼냈다.

"제가 할게요."

송 팀장이 팔을 들어 손바닥을 바깥으로 미는 시늉을 했다.

"저한테 의사 자격증 있는 것도 아실 텐데. 그러지 맙시다. 약은 약사에게 병은 의사에게, 몰라요?"

그제야 송 팀장의 양팔이 아래로 향하면서 무장해제가 되었다.

"구급 키트를 갖고 다니시다니 의외네요. 수시로 다치는 저희도 안 들고 다니는데……."

"마린이 자가 치료할 수 있나요, 메딕이 붙어야 한 세트지."

갑자기 대학 시절 자주 했던 스타크래프트가 떠올라 웃음이 터졌다. 그것이 나의 유일한 취미였다. 그러나 송 팀장은 스타크래프트를 모르는 눈치였다.

나이프에 베인 상처는 생각보다 깊었다. 붉은 한일자가 관자놀이 부근까지 날카롭게 그어져 있었다. 가발에 가려진 이마가 드러났다.

"이게 치료하는 데 방해되지요?"

송 팀장이 가발을 벗었다. 나는 가능한 가발을 건드리지 않고 조심스럽게 닦아낼 생각이었다. 당황한 것은 그녀가 아닌 나였다. 그녀가 말을 이었다.

"전문가가 보시기에 상태가 어때요?"

"상처가 깊어요."

"아니, 머리카락이요."

감추기보다는 정면 돌파를 택한 것일까. 그녀는 가발을 테이블에 올려두었다. 그러고 보니 그녀의 머리는 일반적인 탈모와는 다른 양상을 보였다. 여성탈모는 보통 정수리에서 둥근 모양으로 숱이 줄어드는 게 보통이었는데, 그녀의 탈모 부위는 마치 넓은 페인트 붓이 한 번 지나간 것 같은 직선이었다. 굵은 직선 위에 살아 있는 모낭은 10퍼센트도 되지 않아 보였다. 나는 무슨 말을 해야 할지 생각이 나지 않았다. 이럴 때 어설픈 위로는 독이다. 다 내가 겪었던 일이었다.

"유전성은 아니네요."

나는 사무적으로 대하려고 애썼다. 그래서일까, 그녀의 표정이 한결 편안해 보였다.

"네, 맞아요. 몇 년 전에 사우디 장관이 방한한 적이 있었어요. 원자력발전소 건설 협의차 온 건데, 국왕이나 왕자도 아니고 장관이라서 그다지 이슈는 되지 않았죠. 그런데 한 석유 관련 단체에서 테러를 계획 중이라는 정보를 듣고 국정원에서 그 본부를 급습했어요. 그때 그들이 저항하면서 뿌린 염산이 머리에 묻어서 이렇게 된 거죠."

국정원 요원이란 대체 어떤 사람들일까. 별일을 다 겪는 모양이었다.

"그 고생을 하면서 이 일을 왜 하는 거죠?"

나는 어제 그녀에게 했던 질문을 다시 했다. 일단 돈 때문에 한다는 그녀의 대답은 거짓말이었으니까. 진심을 알고 싶었다.

"글쎄요, 확실한 건 저는 몸을 움직이는 게 좋아요. 몸 쓰는 일인데 나라를 위한다고 생각하면 명분도 좋고요. 일할 때 살아 있는 것 같아요. 편한 게 중요하다고 생각했으면 다른 일을 했겠죠."

사람의 생각은 다 다르다지만 이렇게 차원이 다른 쪽으로 사고하는 사람이 있는 줄은 몰랐다. 어떻게 안락한 생활을 원하지 않을 수 있단 말인가.

"머리 때문에 맘고생이 많지 않아요?"

나도 모르게 그 질문을 하고 말았다. 될 대로 되라지.

"박사님은 맘고생이 많았나요?"

"매우요."

"머리카락 없으면 밀고 다니면 되는데요. 뭐 그런 걸

신경 써요?"

거짓말.

"그럼 가발은 왜 쓴 거예요?"

"경호원으로 위장했으니까요. 경호원은 삭발도 금지예요. 위화감을 줘서는 안 되거든요."

사명감이 엄청난 사람이었다. 이런 사람이 정치를 해야 하는데.

"수많은 탈모인을 봐왔지만 이렇게 말씀하시는 분은 처음입니다. 〈지.아이. 제인〉이 따로 없군요. 자, 다 됐어요."

피부용 접착제로 상처를 봉합했다. 그 또한 외길제약의 신제품이었다. 상처가 깊기는 했지만 절단면이 깨끗해서 흉터가 남지는 않을 것 같았다.

"그래요? 〈지.아이. 제인〉의 내용이 뭔지나 알고 얘기하는 거예요?"

그녀가 갑자기 목소리를 높였다. 처음 보는 모습이었다.

"그 영화를 모를 수도 있습니까?"

대체 내가 뭘 잘못한 걸까. 잘못이 없더라도 미안하다고 해야 할 것 같았다.

"박사님은 이해 못 해요."

내가 알고 있는 〈지.아이. 제인〉은 여성이라는 이유로 남자보다 몇 배 더 노력하는 주인공에 대한 이야기였다. 송 팀장은 다르게 알고 있는지도 몰랐다.

"뭘요?"

"여성이라는 이유로 남자보다 몇 배 더 노력하는 내용이 전부는 아니에요."

그녀의 말을 듣자마자 나는 화들짝 놀랐다. 내가 어떤 표정을 짓기에 이렇게 내 마음을 잘 읽는 건가. 독심술이라도 하는 걸까.

"제, 제 생각을 어떻게 알았어요?"

"남자들 생각이야 뻔하죠. 저보고 대단하다고요? 그러면 '아이고, 높게 평가해주셔서 감사합니다' 해야 하나요? 저는 남자들에게 그런 평가받고 싶진 않네요."

"아니, 그런 뜻이 아니고······."

내 말이 뭐가 잘못된 걸까. 정말 칭찬이었는데. 아니, 그게 문제였나. 얘기가 왜 이렇게 흐르는지 알 수 없었다.

"제발 주둥이 좀!"

'주둥이'라는 단어에 나는 목젖을 얻어맞은 것처럼 말이 나오지 않았다. 무심코 한 나의 말이 그녀가 간신히 참고 있던 무언가를 건드린 것 같았다. 나는 왜 그녀가 괜찮을 거라고 생각했을까. 그저 힘들지 않은 척 참고 있던 것이다. 정말 아픈 것은 그녀였다. 비록 위장취업 한 회사라지만 동료를 잃었고, 임무에 실패했다. 자책하며 좌절했을 것이다. 탈모 스트레스가 촉매가 되어 폭발했을지도 모른다.

어쨌든 그녀가 탈모로 고통받고 있다는 것은 확실했다.

"미안해요, 저는……."

그녀가 고개를 들었다.

"아니, 제가 미안해요. 저는 박사님을 경호할 자격이 없어요."

말도 안 되는 소리였다. 내가 살아 있는 것은 송 팀장 덕분이었다.

"이상한 소리 하지 말아요. 당신은 세르게이 일당이 저를 납치한다는 계획을 몰랐잖아요. 경호는 실패한 게 아니에요. 제가 이쪽 일은 잘 모르지만, 이보다 더 사람을 잘 지킬 수 있는 사람은 아이언맨 정도나 될 겁니다. 송 팀장님이 국정원 직원만 아니라면 10년 FA 계약이라도 하고 싶은 심정이군요."

세상에, 내가 지금 사람을 설득하고 있는 건가? 송 팀장이 고개를 들어 나를 보았다. 외꺼풀 눈에 붙어 있는 긴

속눈썹, 흥분해서 붉게 물든 볼에 점점이 박혀 있는 주근깨, 도톰한 입술. 송 팀장의 얼굴이 이렇게 생겼었나. 익숙한 듯하면서도 낯선 느낌이 묘하게 다가왔다. 그때부터 심장이 쿵쿵 뛰기 시작했다. 송 팀장이 눈치챘을까? 그녀는 고개를 옆으로 돌렸다. 그렇게 말없이 각자 소파에 몸을 파묻었다.

11. 발모

 얼마나 시간이 흘렀을까. 송 팀장은 냉장고 앞으로 걸어가 문을 열고 생수를 꺼냈다. 어색함을 이겨내기 위해서 뭐라도 말을 꺼내볼까 고민하던 차, 그녀가 먼저 입을 열었다.

 "그래요, 당장 관두고 싶어도 관둬지는 상황도 아니고. 세르게이도 고 박사님을 납치하는 데 실패한 셈이 됐죠. 일단 아버님을 구출하는 것만 집중해보죠."

 송 팀장은 언제 그랬냐는 듯 평정심을 되찾은 듯 보였다. 나는 가슴을 쓸어내렸다.

 "붕대는 안 감아도 돼요. 피부 접착제 성능이 엄청 좋거든요. 그래도 덧날 수 있으니 항생제는 드세요. 여기."

그녀가 물과 함께 알약을 입속으로 흘려보내는 순간, 나도 침을 꼴깍 삼켰다.

"소문대로 상당히 치밀하네요. 세르게이 일당이 사용한 건 순간 마취제 같아요. 그리고 아버님의 목소리를 실시간으로 들려준 것도 굉장히 의외고."

"어째서죠?"

"보통은 살아 있는 인질이 부담스러워 죽이고 시작하는 경우가 많거든요."

생각만 해도 등골이 서늘했다. 송 팀장은 처음에 만났던 그 모습으로 완전히 돌아와 있었다.

"아버님을 살려둔 이유가 단순히 경찰이나 대사관에 신고하지 못하게 하려는 건 아닐 거예요. 우리가 아버님을 버리고 갈지도 모른다고 판단해서 실시간으로 목소리를 들려준 것 같아요. 제가 아버님이 사망했을 거라 판단하고 우리가 잠적하는 걸 막기 위함이겠죠. 세르게이는 보통의 인질범과는 차원이 달라요. 아마 내일 접선 장소를 알려주겠죠. 미리 장소를 말하지 않은 이유는 우리에게 대비할 시간을 최대한 주지 않으려는 심산일 거고. 저쪽도 머리를 굴리고 있을 거예요. 마음 단단히 먹어요.

내일 아침까지는 세르게이 말대로 쉬는 게 좋을 것 같아요."

송 팀장은 다시 소파에 앉더니 눈을 감았다. 잠든 것 같았지만, 정확하지는 않았다. 그녀가 자고 있기를 바랐다.

피로가 극심했다. 그래서일까, 정작 잠은 오지 않았다. 여러 가지 걱정과 생각이 뒤엉켰기 때문이리라. 사공이 나를 배신했다고 생각하니 뼈아픈 고통이 밀려왔다. 핸드폰으로 외길제약 그룹웨어에 접속했다. 외길제약 그룹웨어는 보안이 철저하기로 유명했지만, 이제는 그 무엇도 믿을 수가 없었다. 사공의 휴가 요청서가 올라와 있었다. 나와 통화하기 두 시간 전에 올린 결재였다. 계획적이었다. 휴가 내라는 내 말엔 대꾸도 안 했지 않은가. 사공을 향한 마지막 믿음이 끊어진 순간이었다. 나의 위치를 세르게이에게 알려주고 도망간 것일까.

깜빡 잠이 들었나? 몸이 천근만근 무거웠다. 누가 내 어깨를 잡고 흔들기에 간신히 눈꺼풀을 열어보았다. 송 팀장이었다. 지금은 몇 시쯤 됐을까.

"대체 제 머리가 왜 이래요?"

머리라니. 잠이 덜 깨서 그런지 그 말이 환각처럼 느껴졌다. 그러나 그것이 송 팀장의 입에서 나온 말이라고 생각하니 눈이 번쩍 떠졌다. 나는 벌떡 일어났다. 설마 부작용? 그녀의 표정이 심상치 않았다. 나는 그녀의 머리 위로 천천히 시선을 옮겼다. 송 팀장의 머리는 더 이상 휑하지 않았다.

"음, 아니, 저기······. 그거 혹시 송 팀장님 머리털인가요?"

가발과는 완전히 구분되는, 이제 막 올라온 모발이었다. 본능적으로 만져보고 싶었지만 가까스로 참았다. 나는 안도의 한숨을 쉬었다. 정말 다행이었다.

"아까 저한테 준 약이 항생제가 아니라 DCT 맞죠?"

"아, 아니요. 그럴 리가······."

식은땀이 흘렀다. 추궁하는 그녀의 표정이 너무 무서웠기 때문에 나는 자기보호본능이 발동했는지 거짓말이 나왔다.

"웃기지 마!"

통하지 않았다.

"네, 맞아요."

나는 그녀가 탈모로 인해 고통 받는 것이 싫었다. 오래 보지는 않았지만 DCT를 준다고 먹을 사람은 아니었다.

앉아 있던 내 몸이 저절로 일어나고 있었다. 송 팀장이 내 멱살을 쥐고 들었기 때문이다.

"내가 당신 덕이나 보려고 경호 지원한 줄 알아? 내가 도와달라고 했냐고! 고 박사님 이런 사람이었어요? 왜 그래요, 정말?"

요즘 되는 일이 없다는 생각이 들었다. 특히 여성에게 베푼 호의는 모조리 실패였다. 그러나 적어도 어젯밤 내 선택에 후회는 없었다.

"미안해요."

그것 말고 딱히 할 말도 생각나지 않았다. 송 팀장이 멱살을 쥔 손을 놓았다. 나는 침대 위에 풀썩 주저앉았다.

"네, 실망이에요."

뭐든 쉬운 게 없었다.

12. 내가 사람을 죽이다니

송 팀장이 인기척을 느꼈는지 창문의 커튼을 살짝 열어보았다.

"갑자기 바깥에 오토바이가 많아졌어요. 가방 챙겨요."

녀석은 내일 전화한다고 하지 않았던가? 여기 있는 건 어떻게 알았을까? 긴박한 상황에서도 생각을 멈출 수 없었다. 시계를 보니 새벽 한 시였다.

"세르게이가 준 핸드폰 이리 주세요. 위치를 추적당하는 것 같아요."

송 팀장은 핸드폰을 건네받고는 전원을 껐다.

"세르게이한테 전화라도 오면 어떡하려고요?"

나는 아버지의 안위가 걱정되었다.

"그들이 노리는 건 박사님이에요. 아버님이 어떻게 되기라도 한다면 박사님이 협조하지 않을 걸 세르게이도 알고 있을 거예요. 아니면 할 수 없지만. 아무튼 지금은 우선 세르게이로부터 벗어나야 해요."

송 팀장과 나는 객실을 나와 계단참으로 달려갔다. 계단 밑에서 발자국 소리가 점점 가까워지고 있었다. 녀석들이 올라오는 중이었다. 송 팀장이 계단 위에 뚫린 창을 보고 물었다.

"뛸 수 있겠어요?"

2층이었지만 어쩔 수 없었다. 아니, 그나마 2층이라 다행이었다. 나는 침을 꼴깍 삼켰다.

"나를 따라 뛰어요."

그녀는 한 치의 망설임도 없이 창밖으로 몸을 날렸다. 송 팀장은 착지 충격을 피하기 위해 몸을 한 바퀴 굴렸다. 그때 현관으로 진입하려던 남자 하나가 오토바이를 돌려 송 팀장에게 질주했다. 송 팀장은 고개를 들어 나를 보고 있었다. 송 팀장이 위험했다. 선택의 여지가 없었다. 나도 모르게 오토바이를 향해 뛰어내렸다. 라이더가 가슴팍에서 무언가를 꺼내려했으나 내가 떨어지는 게 먼저였다. 나와 라이더는 오토바이에서 떨어져 엉겨 붙은 채로 바닥을 굴렀다. 떨어질 때 충격 때문인지 가슴이 답답했다. 하지만 고통을 느낄 새도 없었다. 도망쳐야 했다. 일어설 수 있는 걸로 봐서 다리가 부러지진 않은 것 같았다. 20미터쯤 달렸을까. 인기척이 없어 뒤를 돌아보니 라이더가 쫓아오지 않았다. 그는 바닥에 그대로 누워 있었다. 송 팀장이 내게 다가오며 말했다.

"죽었어요."

"네?"

"저를 향해 칼을 뽑다가 박사님이 뛰어내리는 바람에 자기 가슴을 찔렀어요."

"제가 사람을 죽였다고요?"

몸이 덜덜 떨렸다.

"지금 한가하게 이럴 시간이 없어요. 빨리 타요."

송 팀장이 바닥에 엎어진 오토바이를 일으켜 세웠다. 내가 뒷자석에 타는 걸 확인한 그녀가 스로틀을 끝까지 당기자 오토바이의 앞바퀴가 들리면서 질주하기 시작했다. 내가 할 수 있는 일은 오토바이에서 떨어지지 않도록 그녀의 허리를 붙잡는 것뿐이었다. 리조트를 벗어나면서 송 팀장은 일부러 골목을 들어서거나 다리 밑으로 들어갔다. 덕분에 우리를 추적하는 몇 안 남은 세르게이의 부하들이 떨어져 나갔다. 조금만 늦었어도 녀석들에게 잡혔을 터였다.

오토바이는 퀴논의 해안도로를 따라 달렸다. 습도 때문에 바람마저 축축했다. 새벽이라 그런지 사람이 없었다. 해안에서 벗어나 내륙의 도로로 들어오니 왼쪽에는 논이 펼쳐져 있었고 오른쪽은 주택들이 늘어서 있었다. 우리는 길이가 2300킬로미터에 달한다는 베트남 1번 국도를 달렸다. 아버지가 전투를 했던 곳이 이쯤일지도 모르겠다는 생각이 들었다. 제발 살아 계세요. 나는 송 팀장의 등 뒤에서 눈물을 조금 흘렸다. 삼십 분 정도 달렸을까. 송 팀장이 구부러진 알파벳 네온사인이 켜진 3층짜리 모텔에 오토바이를 세웠다.

의지와는 연결이 끊어진 듯한 다리가 나의 육신을 모텔로 옮겼다. 하루가 너무 길었다. 피곤함을 이겨낼 방법이 없었다. 아버지의 생사가 불분명한데도 수면욕을 느끼는 내가 경멸스러웠다.

"여기까지 쫓아올까요?"

그냥 잡히고 싶은 마음이 들 정도였다.

"아닐 거예요. 지금까지 세르게이는 자기가 준 핸드폰

으로 우릴 찾아냈을 테니까요. 그걸 간과한 건 제 실수예요. 지금은 위성 신호를 캐치하는 부품을 깨버렸으니 찾지 못할 거예요. 그래도 찾아낸다면······."

"더 이상 도망갈 힘도 없어요."

사방에서 개구리 울음소리가 가득했다. 새벽이 지나고 있었다.

13. 구출 작전 세 가지

 전화벨이 울렸다. 피로에 절어져 있었지만 전화벨이 두 번 울리기 전에 받으라는 세르게이의 말이 깊이 각인되어선지 눈이 번쩍 뜨였다. 통화 버튼을 눌렀다.
 "아침 여덟 시 반까지 혼자 롱칸 파고다 정문으로 와. 파란 바지를 입고 회색 우산을 든 친구가 박사를 안내할 거야. 퀴논 시에서 많이 벗어나진 않았길 바라."
 "어차피 다 죽일 거잖아, 이 개자식들아!"
 나는 핸드폰을 집어 던졌지만 세르게이는 이미 전화를 끊은 후였다.
 "아니, 저 할 얘기만 하고 지랄이야!"

밤새 간신히 누르고 있던 감정이 북받쳐 올랐다. 머리를 쥐어짜내 여러 가지 경우의 수를 생각했지만, 아버지를 살릴 수 있는 방법이 떠오르지 않았다. 내가 녀석들의 말대로 했다한들 녀석들이 아버지를 살려둘 이유가 없었다. 아버지는 나를 잡기 위한 미끼에 불과했다. 사공 선임이 회사 기밀을 넘겨줬다고 해도 DCT의 핵심 레시피를 알고 있는 것은 나뿐이다. 그래서 나를 납치하려는 것이다.

온몸으로 부정하고 있었지만 아버지를 무사히 구할 확률은 제로에 가깝다는 사실을 부정할 수 없었다. 송 팀장은 그것을 알면서도 입 밖으로 꺼내지 않았다. 아버지가 살아 돌아오기 힘들다는 사실을. 송 팀장은 나만 데리고 베트남을 빠져나가는 방법도 생각했을 것이다. 그러나 그녀는 아버지를 포기하지 않았다.

"전화는 다시 올 거예요. 우리가 약속 장소에 나타날 거라고 확신하진 못할 테니까요."

불행인지 다행인지 집어 던진 세르게이의 핸드폰은 액정에 금만 갔을 뿐, 고장 난 것 같지 않았다.

"송 팀장님, 여기서 돌아가요. 녀석들이 필요한 건 나지 아버지나 송 팀장님이 아니잖아요."

"그럴 순 없어요. 말도 안 되는 소리 하지 말아요."

전화벨이 다시 울렸다.

"영길아, 너부터 피해라. 으음……."

아버지의 목소리였다. 말끝에 고통스러운 신음이 흘러나왔다. 그 후에는 세르게이의 웃음소리가 들렸다. 머리털이 곤두섰다.

"이 자식들아, 아버지한테 무슨 짓을 하는 거야!"

분노가 온몸을 휘감았다. 세르게이가 핸드폰을 옮겨 받았다. 송 팀장도 내게서 핸드폰을 낚아챘다.

"고팔수를 롱칸 파고다 광장으로 보내. 그리고 혼자 세워. 고팔수가 보이지 않으면 고영길도 볼 수 없을 거야."

송 팀장이 신속하게 용건을 얘기했다. 수화기에서 정적이 몇 초간 흘렀다.

"고 박사 보디가드로군? 좋아, 잠시 후에 보자고."

세르게이가 전화를 끊었다.

"도대체 어쩔 생각이에요?"

"일단 아버님을 구할 거예요. 아시다시피 놈들이 원하는 건 고 박사님이에요. 그리고 박사님을 잡았다고 해도 박사님을 죽이진 않을 거예요. 거기까진 따로 설명 안 해도 아시겠죠, 박사님?"

"아……."

"제가 반드시 고 박사님을 구할 테니 걱정 말아요."

아무리 귀신도 잡을 송 팀장이지만 그 말이 공허하게 들렸다. 내 인생은 여기서 끝일까. 그러나 선택의 여지가 없었다. 나 살겠다고 아버지를 내팽개치면 그건 금수지 사람이 아니다.

"왜요, 저 못 믿어요?"

"아니, 그게 아니고요."

송 팀장의 눈이 왜 이렇게 반짝거리는지 알 수 없었다. 갑자기 활기에 찬 모습이었다.

"롱칸 파고다는 퀴논에 있는 사찰이에요. 여기서 삼십 분 정도면 도착할 거예요. 사람이 많은 곳이죠. 아버님이 나온다면 오히려 안전할 수도 있어요."

"네……."

나는 헤벌어진 입으로 고개만 끄덕이고 있었다.

"따로 오라고 하는 걸 보니 우리가 어디에 있는지 모르는 건 확실한 것 같네요. 그리고 이거 드세요."

송 팀장이 알약 하나를 던졌다.

"이건 뭔가요?"

"위성항법 시스템이에요. 쉬운 말로 GPS라고 하죠. 제가 아버님을 구하고 반드시 박사님을 찾아가겠어요."

실낱같은 희망이라도 있어야 살 수 있다. 나도 그런 마음으로 DCT를 개발하지 않았던가. 시간 여유가 조금 있었다. 우리는 아버지를 구할 채비를 했다. 송 팀장은 면도기로 머리털을 밀었다. 정말로 지아이제인이 내 눈앞에 있는 것 같았다.

"새로 난 머리카락과 기존 머리카락 길이가 달라서 아예 밀었어요."

송 팀장은 쑥쓰러워하는 것 같았다. 나는 말은 안 했지만 이쪽이 매우 어울리는 스타일이라고 생각했다. 지아이제인이 교관을 구했던 것처럼 그녀도 나를 구해주길 바랐다. 그런 생각을 하는 내가 구차한 인간 같았다. 죽는 게 두렵다는 생각을 하는 것도 부끄러웠다.

송 팀장은 작전 세 개를 제시했다.

플랜 A는 아버지와 내가 둘 다 무사히 세르게이 일당으로부터 벗어나는 것. 플랜 B는 아버지를 구하고 나는 잡혀가서 나중에 구출 되는 것. 플랜 C는 아버지와 내가 둘 다 잡혀가서 나중에 구출 되는 것.

최악의 상황이 오더라도 확률이 줄어드는 것뿐이라고 스스로 위로해야 했다. 그렇지만 플랜 C까지 가고 싶지는 않았다. 그럴 리는 없을 것이다. 절대로. 그렇게 믿고 싶었다.

우리는 오토바이를 타고 다시 1번 국도에 올랐다.

롱칸 파고다 정문에는 황금색 글자가 현란하게 쓰여져 있었고 그 너머로 건담 크기의 부처상이 서 있었다. 본당으로 보이는 건물과 목탑의 지붕은 전부 붉은 색인 데다, 곳곳에 용과 호랑이 조각상이 세워져 있어 눈이 부실 정도였다.

방금 스콜이 지나간 광장의 바닥은 회색으로 젖어 있었다. 노란 법복을 입은 스님이 반, 관광객이 반이었다. 구름 사이로 해가 드러나자 승려들의 법복이 황금색으로 빛났다. 반면 내 웃옷은 오전부터 땀에 젖어 축 늘어져 있었다.

나와 송 팀장은 작전 성공률을 높이기 위해 서로 다른 방향에서 광장을 주시하고 있었다. 송 팀장은 목탑 옆 승려들 사이에 있었고 나는 관광객들 틈에 서 있었다. 극도의 긴장감에 광장에 솟은 시계탑 속 초침이 움직일 때마다 에밀레종이 울리는 착각이 들 정도였다. 여덟 시 이십구 분이었다. 광장 앞 도로에 검은색 레인지로버가 정차했다. 거의 모든 자동차가 일제인 베트남에서 보기 드문 영국 브랜드 차량이었기에 쉽게 눈에 띄었다. 주머니에 있는 핸드폰이 울렸다. 세르게이였다.

"광장으로 나와."

"아버지는?"

나는 레인지로버를 주시하고 있었다.

"눈을 어디에 두고 있나? 나와 있잖아."

눈을 돌렸다. 광장 한복판에 아버지가 서 있었다. 어디서 나타난 걸까. 아버지는 레인지로버에서 나온 것이 아니었다. 아버지가 후드를 뒤집어 쓴 승려와 대화를 나누고 있었다. "여봐유, 중 양반. 여기가 어디유?" 하는 아버지의 목소리가 여기까지 들렸다. 진짜 아버지였다. 건강한 아버지의 모습을 보니 반가움에 눈물이 날 것 같았다.

나는 발을 두 번 굴렀다. 송 팀장에게 보내는 신호였다. 광장을 가로질러 황금색 법복을 입은 승려들이 법당으로 입장하고 있었다. 아버지와 대화를 나누던 승려도 그 뒤를 이었다. 승려들이 지나가자 아버지도 보이지 않았다. 순식간이었다. 법복을 입고 삭발을 한 송 팀장이 승려들 틈에서 아버지를 안고 사라진 것이다. 승려 복장을 한 송 팀장은 나조차 구분할 수 없었다.

이제 나만 자리를 뜨면 된다, 고 생각했을 때 남자 둘이 내 양쪽에서 팔꿈치를 잡아 붙들었다. 관광객으로 분한 건 나뿐이 아니었다. 플랜 A의 성공이 날아가고 있었다. 나는 사찰 뒤편에 세워진 렉서스 뒷자리로 구겨지듯 태워졌다. 조수석에 선글라스를 낀 사람이 뒤를 돌아보며 웃었다. 세르게이였다.

"반갑소, 고영길 박사."

세르게이의 이가 유난히 희다고 생각했다. 옆에 앉은 남자가 헝겊으로 내 입을 막았다. 정신이 아득해졌다.

'그래, 플랜 B로 가자.'

정신을 잃는 와중에도 희망의 끈을 놓을 수 없었다.

'나는 반드시 살아서 나갈 것이다.'

14. 감금

 눈을 떴으나 아무것도 보이지 않았다. 사방이 캄캄했다. 손톱만큼의 빛도 들어오지 않았다. 손가락을 말아 쥐어보았다. 주먹은 쥐어졌다. 팔을 접어보았다. 팔이 접혔다. 발가락을 움직여보았다. 움직였다. 무릎을 펴보았다. 무릎이 펴졌다.
 나는 침대 같은 곳에 누워 있었다. 서늘했지만 왠지 모르게 아늑한 기분이 들었다. 여긴 어디일까. 시간은 얼마나 흘렀을까. 강한 요의가 느껴졌다. 나는 자리에서 일어나 조심스럽게 발을 바닥에 디디고 바지춤을 내렸다.
 "워워, 노상방뇨는 안 되지."

뒤에서 익숙한 목소리가 들렸다. 그의 말이 끝남과 동시에 불이 켜졌다. 나는 놀라서 고개를 돌렸다. 세르게이가 팔걸이가 있는 의자에 앉아 있었다. 나는 내렸던 바지 지퍼를 다시 올렸다.

세르게이가 다리를 바꿔 꼬며 담배에 불을 붙였다. 그 와중에도 원초적 본능의 한 장면이 떠올랐다. 세르게이가 딱히 섹시하지 않았는데도 그랬다. 어쨌든 그는 꽤 오랜 시간 그 자리에 앉아 있던 모양이다.

이곳은 병실처럼 하얀 방이었다. 문은 하나밖에 없었다. 의자에 앉아 있던 세르게이가 담배에 불을 붙이고는 흰 연기를 깊숙이 빨아들였다가 입술을 동그랗게 말고는 다시 뱉어냈다.

내가 쿨럭대며 중얼댔다.

"여긴 실내잖아."

"담배 피운다고 잡아가기라도 하실 건가요?"

세르게이가 아주 천천히 다리를 바꿔 꼬았다.

"오줌보가 터질 것 같아."

"화장실은 나가서 왼쪽입니다."

세르게이가 손바닥을 위로 향해 안내하는 시늉을 했다. 왜 나를 묶어놓지 않은 걸까? 나를 감시하는 경비도 없었다. 이 방엔 나와 세르게이뿐이었다. 이곳은 일반 사무실과 다름이 없었다. 다만, 창문이 없었다. 나는 문을 열고 걸어 나갔다. 왼쪽을 보니 정말 화장실이 있었다. 소변을 보고 손을 씻으려 세면대에 섰다가 소스라치게 놀랐다. 거울 속에 비친 내 머리에 머리털이 하나도 없었기 때문이었다. 누워 있는 사이에 녀석이 면도라도 한 걸까. 내가 방으로 돌아오자 세르게이가 나를 보고 물었다.

"궁금한 게 많지요?"

"……."

"그런데 고 박사님 머리는 왜 그래요?"

이게 무슨 소린가.

"너희가 밀어버린 게 아니란 말야?"

"아니, 무슨……. 우리는 평화주의자예요. 더군다나 멀쩡한 사람을 대머리로 만드는 흉악한 짓은 절대 하지 않아요. 박사님 털끝 하나 건드리지 않고 그대로 모셔왔는데 어쩜 그리 섭섭한 말씀을……. 어쨌든 뭐, 잘됐어요. 박사님이 해결하셔야 할 문제니까."

"무슨 소리야, 그게?"

"어허, 듣자듣자 하니 기분 나쁘네. 얻다 대고 반말이야. 가는 말이 고운데 오는 말이 왜 이래?"

세르게이가 담배꽁초를 발로 짓이기며 표정을 바꿨다. 외국인이라기에는 우리말을 너무 잘해서 놀라울 정도였다. 어렸을 때 한국으로 입양된 건 아닐까.

"그래서 칼부림 하면서 사람을 납치했나?"

"그건 좀 미안하게 됐어. 계획대로라면 박사님하고 이런 만남은 없었을 텐데……. 시간은 많으니까 천천히 풀어보자고. 배고플 텐데 식사부터 하지. 나가면 식당이 있어. 점점 익숙해질 거야."

계획대로라면 나를 만나지 않았을 거라고? 그들의 계획이 뭐지? 풀긴 뭘 푼단 말인가. 그러고 보니 허기가 밀려왔다. 방 밖의 풍경은 왠지 모르게 낯익었다. 조금 전 화장실 위치가 그랬다. 화장실 맞은편의 복도 오른쪽으로 가면 식당이 있을 것 같았다. 발걸음을 옮겼더니 거기에 정말 식당이라고 쓰인 문이 나타났다. 내가 근무하던 회사를 그대로 옮겨놓은 것 아닌가! 대체 여기가 어디인가 하는 질문을 다시 할 수밖에 없었다.

식당 문을 여니 배치 또한 연구실 식당과 유사했다. 비록 의자와 식탁은 싼티가 났지만 나름 색상이며 배식구 위치 등은 재현하려고 애쓴 흔적이 보였다. 세르게이가 배식대에서 음식을 담아 왔다.

"허접하지만 나름 고 박사가 근무하던 환경과 최대한 비슷하게 맞춰봤어. 외길제약은 가구도 좋은 것만 쓰더라고. 식당에서는 매일 자본주의의 맛을 느꼈던 모양인데, 여기서는 이게 최선이야. 여긴 식당 직원이 없거든."

세르게이가 식판을 내 앞에 놓았다. 식판에 올려진 음식은 전투식량이었다.

"이게 유통기한도 아주 길고 영양도 균형 잡혔지. 그럼 맛있게 드셔."

세르게이는 식당 정문을 열고 나갔다. 이 공간은 너무나 비현실적이었다. 나는 지금 꿈을 꾸는 걸까? 혹은 사후 세계에 있는 건가? 그렇다면 나는 이미 죽은 것인가. 과학자로서의 내 신념을 죽어서라도 펼치라는 옥황상제의 뜻인가. 나는 주머니에 손을 넣었다. 핸드폰이며 지갑이 그대로 들어 있었다. 이게 현실이라면 녀석들이 소지품을 그대로 놔둘 리가 없었다. 핸드폰을 켰다. 신호가 잡히지 않았다. 러시아제 전투식량을 한 숟가락 퍼서 입에 넣었다. 아무런 맛이 느껴지지 않았다. 핸드폰도 작동되지 않고 음식도 맛이 없는 건 이상하지 않았다. 사후 세계라면 당연한 일이다.

그때 세르게이가 나갔던 그 문으로 누군가 들어왔다.

"네가 왜 거기서 나와?"

그래. 이건 현실이 아니었다. 들어온 사람은 다름 아닌 사공 선임이었다.

사공은 고개를 들지 못했다. 하긴 이승에서 한 배신의 죗값은 저승에서라도 치러야지.

"사공, 이게 어떻게 된 일이야?"

사공이 천천히 고개를 들었다. 갑자기 사공의 눈이 동그래졌다.

"아니, 고 팀장님 머리가 왜 그래요?"

"어……. 나도 잘 모르겠어. 이거 꿈 아니었어?"

"무슨 소리예요?"

사공은 내 뺨을 철썩 때렸다. 너무 아파서 눈물이 날 정도였다. 꿈이 아니었나.

"야, 그렇다고 진짜 때려? 자, 잠깐만……."

충격이 너무 컸다. 마음을 정리하는 데 시간이 필요했다. 잠시 침묵이 흐르고 사공이 쩝 소리를 내며 입을 열었다.

"팀장님, 죄송해요. 제가 다 팔아넘겼어요."

"응, 그런 것 같더라. 근데 넌 휴가 냈는데 어떻게 여기 있는 거야?"

"잡혀왔어요."

"아, 그렇구나. 그런데 이거 꿈 아니야?"

사공은 다시 내 뺨을 철썩 때렸다.

"야, 씨. 왜 때려!"

"꿈 아니라니까요."

"뭐?"

실감이 나지 않았다.

"지난번에 팀장님 청주 내려가셨을 때, 제가 2차 피험자한테 머리털 다 빠졌다는 메일 받았다고 했잖아요. 기억나세요?"

"응, 그랬지."

"그게 러시아 대통령이에요."

"아, 그렇구나. 그런데 이게 꿈이 아니라고?"

사공의 손이 다시 내 뺨을 향했지만 이번엔 내 손이 먼저 사공의 뺨을 때렸다.

"아, 왜 때려요!"

"정당방위야. 그건 그렇고, 그게 말이 돼? DCT엔 하나하나 다 일련번호가 있고, 신원확인 된 사람만 피험자가 될 수 있는데? 더군다나 우리 아버지하고 박씨 아저씨 빼면 전부 실험실에서 약을 먹였는데? 약이 빼돌려졌나."

"네, 말이 돼요. 약이 아니라 피험자를 통째로 빼돌리면 되죠. 방사선치료로 머리털이 빠진 사람을 썼어요. 약 안 먹어도 방사선만 안 쬐면 다시 머리털 날 사람으로요. 그 사람은 약을 먹은 후에 바로 실험실 밖으로 가서 토했죠. 그걸 러시아 중앙정보국 요원한테 줬고, 걔들이 러시아로 가서 러시아 대통령한테 먹였죠. 그 양반도 머리털이 빠지고 있었는데, 스트레스가 대단했대요. 저도 세르게이한테 나중에 들은 건데, 측근 중 누가 대머리라고 구시렁댄 걸 듣고는 곧바로 권총으로 쏴 죽였다나. 무시무시하지 않습니까? 저희도 스트레스를 받긴 하지만 누가 놀린다고 사람 죽이고 그러진 않잖아요. 아무튼 러시아에서는 엠바고 풀리기 전에 이미 DCT의 존재를 알고 있었죠. 그리고 2차 피험자 중 하나를 매수해서 DCT를 러시아 대통령에게 먹인 거예요. 러시아 대통령은 누구보다 빨리 탈모에서 탈출하기를 바랐던 겁니다. 그런데 있던 머리털까지 다 날아갔으니 얼마나 열이 받았겠어요."

그러고 보니 서울로 향하는 KTX 안에서 본 뉴스 장면이 생각났다. 영상 속 러시아 대통령은 눈썹이 없었는데, 그게 DCT 부작용 때문이었다.

"그래서 너는 어떻게 구워삶아진 거야?"

"약 빼돌리는 데 삼십만 달러요."

"아니, 네 연봉이 일억이 넘잖아. 더군다나 기자회견 하고 회사에서 보너스를 오억 넘게 줬는데, 그깟 푼돈에 넘어가?"

어이가 없었다.

"에이, 팀장님도. 약 한 알에 삼십만 달러면 엄청난 거죠. 그거 소비자가격이 비싸봐야 천만 원 안쪽으로 책정될걸요. 아무튼 그것뿐이면 제가 수락했겠어요? DCT 레시피 빼주면 삼천만 달러에 미녀들하고 평생 러시아에서 떵떵거리며 살게 해준댔어요. 아시잖아요, 저 모쏠인 거."

"근데 핵심 레시피는 나 말고 아는 사람이 없잖아?"

"팀장님이 저한테 말해줄 줄 알았죠."

나는 사공의 뺨을 때렸다.

"아오, 왜 때려요!"

"이 미친놈아."

죽도록 패도 시원찮을 놈.

"아무튼 그랬는데 러시아 대통령이 있던 털도 싹 빠져서 그 계획이 물거품이 된 거고?"

사공이 손바닥으로 뺨을 주무르며 대답했다.

"네, 러시아에서 연락이 왔어요. 대통령이 그 약 먹고 그나마 갖고 있던 털까지 다 빠졌다고. 처음에는 걔들이 사기 치는 줄 알았죠. 그런데 팀장님 전화 받고 부작용이 발생한 게 맞다고 인정했습니다. 러시아에서 빨리 해결책을 내놓으라고 하더라고요. 저는 금방 해결될 줄 알았어요. 약 건네주기 전에 부작용 있더라도 책임을 묻지 않겠다는 계약서도 썼거든요. 그런데 대통령 머리가 그렇게 되고 나니까 계약이고 뭐고 싹 엎어버리더라고요."

"애당초 물건 빼돌리는 게 불법인데 계약서 따위로 보호받을 수 있을 리가 없잖아."

사공이 놀란 눈으로 나를 바라봤다.

"아니, 팀장님 웬일로 그런 쪽에 빠삭한 척을 다 하세요? 약정서 같은 건 머리 아프다고 읽지도 않으시는 분이."

"네가 러시아 미녀에 눈이 멀어서 보이는 게 없던 거지. 그건 중학생만 돼도 다 알아. 더군다나 믿을 걸 믿어야지, 대낮에 사람 죽이고 투표율도 140퍼센트씩 나오는 나라 정부를 믿냐, 여자밖에 모르는 멍청한 녀석아."

"아, 예. 어쨌든 사기는 저들이 당했으니까 AS를 해달라고 하더라고요. 빨리 해결하라고 매일 닦달했죠. 그래서 부작용을 없애려고 팀장님이랑 저랑 열심히 노력했잖아요. 팀장님이 여기 베트남까지 오시고. 그런데 느낌이 좀 이상하더라고요. 그거 있잖아요, 등골이 서늘해지는 느낌. 세르게이가 전화하더니 그 얘기를 하더라고요. 자기네 대통령이 엄청 열받았다고. 예전에 자기 머리 갖고 입 잘못 놀린 사람 바로 쏴 죽인 적 있다고."

"아무리 그래도 제 손으로 사람을 쏘는 대통령이 어디 있냐? 겁주려고 하는 소리지."

"그게 근데 뻥이 아닌 것 같았어요. 그래서 이거 안 되겠다 싶어서 휴가 내고 튀었죠."

"내가 묵고 있는 호텔 알려주고?"

"네, 팀장님이 부작용 치료제를 개발해주실 거라 믿었어요."

사공의 입에서 거짓말이 술술 나오는 게 보였다. 내가 무슨 수로 그걸 개발한다는 건가.

"근데 넌 잡혔다?"

"네."

"에라이, 이 새끼야!"

사공이 다시 고개를 푹 숙였다. 한숨이 나왔다. 나보고 세상 물정 모른다고 비아냥대던 사공에게 이렇게 멍청한 데가 있을 줄은 꿈에도 몰랐다. 화낼 의욕마저 꺾어버리는 멍청함이었다.

15. 오스본 3세

 한 시간쯤 지났을까. 세르게이가 식당으로 들어오면서 말했다.
 "자, 밥 다 먹었으면 일해야지?"
 "팀장님, 우리 이제 일해야 해요."
 사공이 익숙한 듯 일어섰다.
 "사공, 우리 어디가?"
 황당함의 연속이었다. 세르게이에 이끌려 나와 사공과 도착한 곳은 연구실이었다. 연구실 역시 외길제약의 연구실과 비슷한 구조로 이루어져 있었다. 무슨 수를 썼는지 필요한 기자재가 거의 다 구비되어 있었다.

"우리 각하께서 열흘 안에 부작용 치료제를 만들라고 하셨거든? 아무리 생각해도 우리 각하께서는 너무 인자하셔. 나는 3일 줄게. 3일 후에도 약 개발 못 하면 귀를 잘라버릴 거야. 4일 후에도 개발이 안 되어 있으면 새끼발가락을 잘라야지. 이거저거 잘리다 보면 열흘 후에는 체중이 반 정도밖에 안 나갈걸? 오스본 3세도 사람꼴이 아니었는데……."

"오스본 3세? 오스본 3세를 네가 어떻게 알아?"

나는 깜짝 놀랐다. 오스본 3세는 세계 탈모 연구의 선구자 도리안 오스본의 손자였다. 나도 학회에서 만난 적이 있었다. 오스본은 대부분의 탈모 원인을 밝혀냈고 세계 거의 모든 발모제는 그의 연구 결과를 바탕으로 만들어졌다. 아마 오스본이 아니었으면 나의 연구도 30년은 족히 후퇴했을지도 모른다.

나는 몇 년 전, 라스베이거스 선샤인 호텔에서 열린 세계 노헤어(no hair) 포럼에 참석한 오스본 3세를 만났을 때를 떠올렸다. 놀랍게도 내게 먼저 말을 건 것은 그였다.

"부자가 될 거라고? 귀여운 카드를 쓰시네요."

지갑에서 2달러짜리 지폐를 꺼내 맥주를 가져다준 호텔 직원에게 팁을 건넸을 때였다. 나는 고개를 옆으로 돌리다가 하마터면 넘어질 뻔했다. 비현실적으로 창백한 피부의 대머리가 옆에 서 있었기 때문이었다. 그는 내 신용카드에 시선이 멈춰 있었다. 카드에는 망그러진 곰이 눈물을 흘리면서 부자가 되겠다고 다짐하는 그림이 인쇄되어 있었다.

"부자가 아니니까요. 그러는 댁은?"

그가 품속에서 카드 하나를 꺼냈다.

"본 컬러, 실리언 레일 서체. 뭐, 블랙카드라고 하죠. 카드 일련번호에 특별한 의미가 숨어 있⋯⋯."

"난 망곰 카드인데 어쩌라고요."

생긴 것과는 달리 속물인 녀석이었다. 블랙카드는 통장에 이백억 원 이상 꽂혀 있는 부자나 저명한 인사들에게 발급되는 신용카드였다. 월급쟁이 연구원에 불과했던 당시의 내가 그런 걸 알 리 없었다.

"그건 그렇고, 당신 논문 말인데요⋯⋯."

원하는 반응이 아니었는지 그가 머쓱한 표정으로 카드를 다시 집어넣었다.

"내가 누군지 알아요?"

"물론이죠, 한국의 고영길 박사."

대체 누구일까. 처음 보는 사람이지만 낯설지 않았다.

이 학회에 참석했으니 의학박사일 테고……. 몇 초 후, 나는 그가 오스본 3세라는 사실을 깨달았다. 왜 유명 인사인 그를 못 알아봤을까! 오히려 그가 날 알아본 게 놀라웠다.

"혹시 오스본 3세?"

"맞아요."

세계 탈모학의 권위자이자 희대의 살인마 도리안 오스본의 손자. 살인마의 손자를 실제로 마주하니 주변 기온이 2도 정도 낮아지는 느낌이었다.

"어떻게 당신 같은 유명인이 곰 캐릭터 신용카드나 쓰는 나부랭이를 알아요?"

"당신의 논문이 꽤 흥미로웠기 때문이오. 나는 여기 참석한 사람이 집필한 논문을 모두 읽었어요. 전부 쓸데없는 얘기더구먼, 당신 것만 빼고."

나와 동갑이라는 그의 프로필을 읽지 않았다면 나는 오스본 3세의 나이를 짐작도 하지 못했을 것이다. 핏기라고는 느껴지지 않는 피부는 파란 혈관이 비칠 정도로 창백했다. 키는 190센티미터에 가깝고 팔다리가 긴 데다 깡말라서 마릴린 맨슨이나 대학 시절 즐겨 읽던 『해리포터』속 빌런 볼드모트가 떠올랐다. 나와 단 한 가지 공통점은 대머리라는 것뿐이었다. 그 하나의 공통점조차 나와는 상황이 달랐는데, 오스본 3세의 대머리 발생 기전이 내 경우와는 전혀 다르다는 걸 안 것은 나중의 일이었다.

오스본은 학회에서 누구와도 어울리지 않았다. 나 또한 그런 축에 속했으나, 나는 남과 어울리지 않은 게 아니라 어울리지 못했기에 그럴 수밖에 없었다. 그때만 해도 나는 이름 없는 한국 연구원이었으므로 주목받지 못했던 반면, 오스본 3세는 할아버지의 후광 덕에 모르는 사람이 없었음에도 스스로 타인과 거리를 두는 부류였다.

아니, 사실 그건 후광이 아니었다. 결론부터 말하면 도리안 오스본의 생은 광기가 빚어낸 비극의 생애라고 할 수 있었다. 도리안 오스본의 연구 자료는 전 세계 의학계 구석구석에 퍼질 정도로 가치가 있었다. 물론 수십 년 전까지만 해도 수없이 많은 논문에 그의 자료가 인용되어 왔다. 특히 탈모의 발생 기전에 대해서 그만큼 명확히 밝힌 과학자가 없었다. 그러나 도리안 오스본의 연구에는 석연찮은 점이 있었다. 그의 가설은 법칙이 된 경우가 대부분이었지만, 그의 데이터가 얻어진 과정에 대해서는 밝혀진 사실이 거의 없었기 때문이다. 그러던 중 누군가의 폭로로 도리안 오스본의 연구 자료는 더 이상 의학도

들의 논문에 인용되지 않게 된다. 그의 연구 업적은 일제의 731부대가 했던 만행에 버금가는 반인류적 생체실험을 바탕으로 얻어졌기 때문이었다. 대신 도리안 오스본의 기괴했던 인생은 지금도 소설과 드라마로 재탄생돼 소비되고 있다.

뉴멕시코주의 한 병원에서 진료와 연구를 하던 의학박사가 있었다. 도리안 오스본. 그의 청년기 시절은 불운했으며, 사이코패스 기질이 다분했다. 그러나 학교를 거의 다니지 않았기에 그 성격이 밖으로 알려진 바가 없었다. 그러던 오스본은 독학만으로 의학박사가 되는데, 이는 질병 퇴치보다는 자신의 지적 호기심 충족을 위한 선택이었다.

그는 질병 퇴치를 위한 신약 연구도 했지만 주로 탈모의 발생 기전과 살인자의 심리 등을 연구하고 매진했다. 탈모의 발생 기전에 대해 연구했던 건 순전히 자신이 탈모인이었기 때문이었으며, 살인자의 심리 연구를 한 것 또한 자신이 살인을 했기 때문이었다. 다만, 그것이 밝혀지지 않았을 뿐이었다. 뉴멕시코 치와와 사막은 누굴 죽여 묻어도 밝히기 어려울 정도로 사람이 적고 광활한 대지였다. 당시 미국 정부뿐 아니라 자치단체들도 2차 세계대전에 직간접적으로 전력을 쏟았으므로 오스본의 기괴함과 수상한 행동에 관심을 둘 여력이 없기도 했다.

오스본의 병원에는 환자가 많지 않아 한가했기에, 오스본은 진료 시간 대부분을 연구하며 보낼 수 있었다. 그러나 그가 원하는 실험에 필요한 피험자의 수가 턱없이 부족했고, 임상시험을 하기 전까지의 절차에 쏟아붓는 시간과 에너지가 너무 많이 들었다.

그러던 1945년의 어느 날, 도리안 오스본은 뉴멕시코 치와와 사막에 있는 한 교도소 근무를 자청한다.

뉴멕시코 치와와 사막의 강력범죄로 20년 이상의 형을 받은 죄수들이 모여 있는 교도소 '슈퍼 치와와'는 사형수가 20퍼센트를 차지할 정도로 수용자들의 질이 나쁘기로 유명했으나 단 한 명도 탈옥한 적이 없는 보안을 자랑하는 곳이었다. 처음에 오스본은 자신의 병원에 적을 두고 주기적으로 슈퍼 치와와를 방문해 죄수들의 건강 상태를 체크했으나, 얼마 지나지 않아 병원을 매각하고 아예 형무소에 상주하다시피 머물렀다.

슈퍼 치와와는 오스본의 지적 욕구를 채워줄 조건으로는 더할 나위 없는 곳이었다. 더군다나 죄수들의 상태를 점검하며 받는 돈도 병원을 운영하는 것보다 많았다. 슈퍼 치와와에 상주하는 의사는 두 명이었으나, 뉴멕시코주 재정 감축 정책이 시행됨에 따라 담당의가 한 명으로 줄게 되었다. 마지막으로 남게 된 의사는 오스본이었다. 그 또한 오스본 자신이 교도소에서 근무하기 위해 다른 의사 한 명을 살해했기 때문에 가능했다.

이후부터 오스본의 광기에 찬 연구는 절정에 이르게 되는데, 그것은 사형수 대부분을 자신의 실험 대상으로 삼았기 때문이었다. 치료 명목으로 수많은 죄수에게 반인륜적 시험을 자행했으나, 십여 년이 지난 후에야 그의 만행이 밝혀졌다. 이는 훗날 FBI의 조사를 토대로 한 『오스본의 자백』이 출간되면서 전 세계적 파란을 일으켰다.

오스본은 그가 근무하던 슈퍼 치와와에서 형장의 이슬로 사라졌고 남은 혈육은 그의 손자 오스본 3세뿐이었다. 내가 오스본 3세의 조부에 대해 아는 것은 이 정도였다. 오스본 3세가 조부와 같은 직업인 의학박사가 되었다는 사실만으로도 그는 주변의 주목을 받기에 충분했다.

학회 첫날 오스본 3세와 헤어진 후, 구글링을 열심히 한 덕에 그의 가족사까지 알 수 있었다. 4박 5일의 학회

일정 동안 오스본 3세를 몇 차례 만났는데, 그의 조부에 대한 선입견 때문인지 그를 마주칠 때마다 소름이 돋아 없던 머리털이 세워지는 느낌이었다.

이 학회에 모인 내로라하는 의학박사들을 놔두고 하필 내게 말을 건 이유를 도무지 짐작하기 어려웠다. 정말로 내 연구가 그의 관심을 끈 것일까? 어쨌든 의외로 예의가 발랐고 인상과는 달리 차갑지만은 않았다. 그리고 명품에 관심이 많았다.

"저기 저쪽에 올백 머리 한 베이트먼 박사라고 있는데, 늘 어울리지도 않는 발렌시아가를 입어요. 카드는 비씨 플래티넘을 쓰면서……."

누가 물어봤나. 허세만 가득해서는.

"그런데 당신 머리는 왜 그래요?"

나는 짜증이 난 나머지 전혀 엉뚱한 질문을 하고 말았다. 탈모인에게 금기인 그 질문. 오스본 3세는 말을 멈추더니 나를 정면으로 응시했다.

"근데 당신은 왜 그렇게 떨고 있나요?"

나도 모르게 물잔을 쥔 손을 떨고 있었던 모양이다. 나는 떨리는 오른손을 왼손으로 잡아 멈추었다. 그에게는 입을 열지 않았을 때 기본적으로 느껴지는 으스스함이 있었다.

"수, 수전증이 있어요, 내가."

그가 말을 이었다.

"사실 나는 대머리 인자가 없어요. 할아버지가 대머리긴 하지만, 머리숱은 엄마 쪽 유전자를 타고났죠. 그런데 내 몸을 갖고 시험하다 보니 부작용이 발생해서 이렇게 되었습니다. 요즘은 옛날처럼 생체실험 하고 그럴 순 없는 세상이잖소?"

그가 입꼬리를 올리자 갑자기 한기가 느껴졌다.

"그, 그렇죠. 절차가 있잖아요."

"나는 성질이 급해서 그렇게 기다리지는 못하겠더라고요. 아무튼 고 박사의 연구는 우리 할아버지가 내렸던 결론과 비슷하게 가고 있어요. 당신이 쓴 논문 「유전자 규칙-쌍라이트 형제를 중심으로」가 인상적입니다. 거의 정답에 근접했죠. 트윈 라이트 유전자 함수가 중요해요."

아무도 관심을 갖지 않은 내 논문을 이렇게 세세하게 읽고 칭찬하다니. 광대뼈가 치솟는 게 느껴졌다.

"제발 그랬으면 좋겠네요."

"내 연구도 그렇고. 어쨌든 조금만 더 연구하면 대머리 극복도 문제없을 거요. 부작용이 걸리긴 하지만……."

"부작용이요?"

그 당시 DCT에 대한 초기 이론만 구축되었을 뿐이었지만 부작용의 발생 확률은 없었다.

"부작용을 모른다고? 아, 그럴 수도 있겠네요."

그때까지만 해도 나는 오스본 3세가 내 논문에 트집을 잡는다고 생각하여 기분이 언짢았다.

"그게 뭡니까?"

그는 가볍게 헛웃음을 내뱉었다.

"그래서 온실 속에서만 연구한 먹물들은 안 된다는 겁니다."

그의 말은 알 수 없는 소리의 연속이었다.

"대체 무슨 소리를 하는 겁니까?"

"곧 밝혀지겠죠. 내 적수는 당신밖에 없는 것 같소. 우리 중 하나가 완벽한 발모제를 개발할 거 같거든요. 그나저나 이렇게 만나서 반갑습니다."

"왜 혼자 적을 두고 그래요."

내가 적수라니.

"그나저나 신용카드는 좀 바꿔요."

이상하리만치 특정 물건에 집착이 심한 인간이었다.

"망곰 카드에 원한이라도 있어요? 남이사 라이언 카드

를 쓰든 유희왕 카드를 쓰든 뭔 상관이야."

"망곰이 귀엽긴 하지만, 내 말을 깨닫는 날이 올 거예요."

그는 끝까지 맥락 없는 소리만 늘어놓더니 자신의 방으로 올라갔다. 그것이 내가 오스본 3세를 마지막으로 본 날이었다. 이후 학회에서도 그를 볼 수 없었다. 시간이 흐른 후, 그가 자신의 조부처럼 불법 생체실험을 하다 발각되어 도주 중이라는 소문이 돌았다.

세르게이가 특유의 깔보는 듯한 표정으로 말했다.

"오스본 3세가 러시아로 망명했다는 건 모르는 모양이군."

"그걸 내가 어떻게 알아……."

짜증이 났다. 내가 특수요원도 아니고.

"그런가? 아무튼 오스본 3세에게는 우리 대통령 각하가 친히 연구를 계속할 수 있도록 배려했지. 세계적인 살인자들만 모여 있는 러시아 오렌부르크주의 흑돌고래 교도소에서 말이야. 원하면 생체실험도 마음껏 할 수 있도록."

나는 없는 머리털이 쭈뼛 서는 것 같았다.

"그, 그래서 발모제는 개발했나? 아니지, 개발했다면

나를 납치할 리가······."

"그래, 맞아. 오스본 3세는 결국 발모제를 개발하지 못했지. 그리고 몇 번이나 러시아를 벗어나려다 다시 잡혔는데, 그때마다 모진 형벌을 받았다."

"그래서 지금은 어떻게 됐나?"

세르게이가 천장을 보며 입맛을 다셨다.

"결국 도망갔지. 하지만 죽었을 거야."

"그래서 차선책으로 나를 선택한 건가?"

세르게이가 말없이 고개를 끄덕였다.

16. 부작용의 핵심

"DCT 개발하는 데 10년이 넘게 걸렸는데, 열흘 안에 만들라는 게 말이 돼?"

"그건 내가 알 바 아니지."

세르게이는 미동도 하지 않았다. 세르게이의 몸속에는 피 대신 수은이 흐르고 있을 것 같았다.

"무작정 겁박한다고 나오는 게 아니야. 우리가 베트남에 온 이유가 뭔 줄 모르나 보지? 베트남에서 구해야 할 재료가 있어."

세르게이가 고개를 갸우뚱하는가 싶더니 웃으며 대답했다.

"아, 그러고 보니 고 박사는 베트남에 고엽제 분말 때문에 왔지? 화학은 전혀 모르지만 내가 볼 때 그거랑은 별 상관이 없는 것 같은데……. 우리 각하는 고엽제하고는 전혀 상관없는 분이라서."

아! 대체 세르게이가 모르는 것은 무엇인가. 그리고 사공 이 미친놈이 세르게이에게 말하지 않은 것은 또 무엇인가. 나는 사공을 째려보았다. 녀석은 고개를 푹 숙인 것도 모자라 아예 책상에 머리를 박고 있었다. 나는 당황한 기색을 보이지 않으려 과장되게 웃으며 말했다.

"당신이 뭘 안다고 그래? 설명해도 이해도 못 할걸?"

"그럴지도 모르지. 어쨌든 고엽제 분말이라면 여기 있어."

세르게이가 벽에 설치된 마이크에 스위치를 누르고는 베트남어로 뭐라고 말했다. 그러자 연구소 뒤에서 베트남인으로 보이는 군인이 문을 열고 들어왔다. 세르게이의 부하였다. 그가 세르게이에게 흰 통을 건넸고 세르게이는 그것을 받아 내게 건넸다.

"고엽제야 누구나 만들 수 있겠지만 우리에겐 베트남 전쟁 때 쓰였던 바로 그 고엽제가 필요하다고. 이게 그거 맞아?"

그렇게 쉽게 구했을 리가 없었다. 나는 최대한 빈정대기 위해 노력했다.

"그런가? 나를 너무 무시하는 건지, 과소평가하는 건지 모르겠군."

세르게이는 그렇게 말하더니 자신의 주머니에서 핸드폰을 꺼내 나와 사공의 눈앞에 내놓았다. 그러고는 핸드폰에 저장된 어떤 동영상을 재생했다. 나는 이상한 예감에 불안해하면서도 화면에서 눈을 떼지 않았다.

수평선이 좌우로 끝없이 뻗은 바닷가였다. 하늘은 짙은 회색의 구름으로 가득 차 있었으며 바다는 잉크라도 탄 듯 검었다. 낯선 남자의 얼굴이 화면 밑에서부터 올라왔다. 능숙한 카메라의 줌인 때문인지, 잘생긴 남자의 얼굴 때문인지 그가 영화배우처럼 느껴지기도 했다. 그의 머리털이 흩날리지 않는 것으로 보아 흐린 날씨지만 바람은 불지 않는 것 같았다. 남자의 표정은 불안해 보였다. 촬영하는 쪽에 있는 누군가가 그에게 베트남어로 질문을 했고 그가 대답했다. 잠시 대화가 오가더니 질문자가 명령했다. 분위기로 보아 각본이 있는 영상처럼 보이지는 않았다.

"그럼 한국어로 하자. 당신은 누구입니까?"

세르게이의 목소리였다.

"나는 응우옌 짜이다."

응우옌 짜이라, 어디서 들어본 이름인데. 나는 베트남에 아는 사람이 없었다. 옆에서 사공이 내 옆구리를 툭 치며 속삭였다.

"응우옌 짜이 몰라요?"

"내가 어떻게 알아."

"고엽제 샘플 받기로 했던……."

나는 정신이 번쩍 들었다. 저 사람이 그 사람인가. 세르게이는 저 사람이 고엽제 샘플을 갖고 있다는 걸 어떻게 알았을까. 그것도 사공이 알려준 걸까. 나는 사공을 노려보았다. 사공은 나와 눈이 마주치자 또 고개를 숙였다. 이런 빌어먹을! 세르게이는 응우옌 짜이에게 계속 질문했다.

"어떻게 한국말을 할 줄 알아요?"

그건 나도 궁금했다.

"나는 라이따이한이다. 한국말을 조금 공부했다."

"그럼 이것은 무엇입니까?"

촬영을 하는 쪽에서 세르게이가 방금 내게 내밀었던 것과 똑같은 흰 통을 가리키며 응우옌 짜이에게 물었다.

"고엽제다."

"누구에게 주기로 했습니까?"

"외길제약 직원들이 찾아오기로 했다."

응우옌 짜이는 불안한 듯 연신 눈을 깜빡이면서도 또박또박 대답했다. 영상은 거기서 종료되었다. 세르게이가 자신의 핸드폰을 거두며 말했다.

"자, 이제 이 고엽제가 고 박사가 찾는 거라고 봐도 되겠지?"

인정하기 싫었지만 어쩔 수가 없었다. 분했다.

"너희가 베트남 사람 섭외해서 연극하는 건지 어떻게 아나?"

내가 받아치자, 세르게이는 미간을 찡그리며 인상을 썼다.

"야, 진짜 짜증 난다. 당신은 회사에서 보내준 응우옌 짜이 사진도 안 봤어? 대체 성의가 있는 거냐, 없는 거냐?"

세르게이가 화를 냈다. 사공이 다시 한번 옆구리를 찌르며 말했다.

"응우옌 짜이 맞아요. 사진하고 똑같이 생겼구먼. 평소에 메일 좀 읽어요."

그러고 보니 응우옌 짜이의 프로필도 제대로 보지 않

았다. 이름도 가물가물했고. 세르게이에게 조금 미안해질 정도였다.

세르게이가 피곤한 듯 한숨을 쉬며 말했다.

"나도 이거 구해오느라 힘들었거든. 그럼 열심히 연구해."

"그렇다고 다 되는 게 아니야. 피험자도 있어야 된다고."

내가 푸념하자, 세르게이가 흰 이를 드러내며 웃었다.

"고 박사가 피험자가 되면 되잖아. 고 박사 머리에 털만 나게 하면 되는 거 아닌가? 어때, 간단하지? 그럼 수고해."

세르게이는 문을 닫고 나가버렸다. 세르게이의 말은 틀린 게 없었다.

세르게이가 나가고 난 후, 뒤늦게 세르게이가 보여줬던 영상이 아른거렸다. 응우옌 짜이의 가슴 위까지만 카메라 앵글이 잡혔기 때문에 그 아래로 어떤 상황이었는지 알 수 없었다. 끔찍한 상상들이 머릿속을 돌아다녔다. 의자에 묶여 있는 건 아닐까. 그렇게 바다로 떨어졌을지도 모른다고 생각하니 전기충격이라도 받은 것처럼 아찔해졌다. 저놈들이라면 그러고도 남았다. 이게 다 나 때문이라는 자책감이 깊숙하게 가슴을 후벼팠다. 응우엔 짜이라는 사람은 살아 있을까. 무고한 사람이 피해를 보고 있었다.

그러고 보니 아버지는 어디에서 뭘 하고 있을까 궁금해졌다. 헤어질 때 인사도 제대로 못 했다. 그나마 아버지라도 구출돼서 천만다행이었다. 그래, 희망을 버리지 말자. 호랑이한테 물려가도 정신만 차리면 산다고 하지 않았는가. 아직 플랜 B는 진행 중이었다.

지금은 밤일까 낮일까. 창문이 없다 보니 도무지 감을 잡을 수 없었다.

"사공, 오늘이 며칠인 줄 알아?"

사공은 현미경으로 무언가를 보고 있었다. 녀석은 이 와중에서도 열심이었다. 능력은 정말 뛰어난 친구인데……. 질문을 받은 사공은 습관적으로 핸드폰을 열었다.

"저도 잘 모르겠어요. 아까 봤는데, 얘네가 벌써 손을 썼는지 팀장님 핸드폰 시간이랑 제 핸드폰 시간이랑 다르더라고요. 원래 핸드폰 신호는 위성 신호 받는 거라 자동으로 맞아야 하는데."

"그럼 GPS도 안 된단 말이야?"

"네, 제가 생각해봤는데 여기 땅속 같아요. 창문도 없잖아요."

그러고 보니 송 팀장이 내게 먹인 GPS 알약이 생각났다. 지하라면 위치추적도 안 될 것이었다.

"젠장!"

핸드폰을 집어던졌다. 갑자기 낭패감이 게 떼처럼 밀려왔다. 멘붕이 올 것 같았다. 머리를 감싸 쥐었다. 아니다. 신호가 갑자기 끊기진 않았겠지. 여기가 땅속이라면 송 팀장은 땅에 들어가기 전의 위치는 파악하고 있을지도 모른다. 희망을 버리지 말자고 다시 되뇌었다.

"근데 팀장님 머리털은 왜 없어진 건가요?"

나는 내 머리를 쓰다듬었다. 대머리 시절의 익숙한 감촉이 느껴졌다. 그렇다. 원점에서 다시 시작해야 했다. 러시아 대통령과 내가 다시 대머리가 되는 변수가 생겼기 때문이다.

"그러게······. 우리 아버지, 박씨 아저씨야 그렇다 쳐. 러시아 대통령하고 나는 무슨 공통점이 있는 거야?"

"팀장님도 여기 와서 고엽제 맞은 거 아니에요? 그리고 러시아 대통령도 월남전에 참전했으면 뭐······."

"말 같지도 않은 소리 하네. 난 고엽제 구경도 못 해봤다. 그리고 소련은 베트남전에 군대 안 보냈잖아. 그리고 그 사람 그때 나이가 몇인데, 당시에 중학생 아니었어?"

"아, 씨. 그럼 뭐예요, 대체."

원인도 파악하지 못하고 있었다. 이대로 가다간 세르게이에게 팔다리가 잘린 후 죽겠지. 운이 좋으면 분노에 찬 러시아 대통령이 친히 우릴 죽일 수도 있을 것이다. 생각만 해도 몸서리가 쳐졌다. 어떻게 사람을 죽인다는 생각을 할 수 있는 걸까. 바로 그 찰나, 머릿속의 어떤 것이 내 기억의 창고에서 얼마 전 내 모습을 꺼냈다. 나는 사람의 숨을 끊고 있었다. 세르게이의 부하를. 나는 어째서 그 엄청난 사건을 모른 척하고 있던 걸까. 망치로 머리를 얻어맞은 것 같았다. 그 후에 찾아온 엄청난 진실에 몸을 덜덜 떨었다.

살인했다는 사실을 사공에게 어렵게 털어놓았다. 사공은 최근에 워낙 황당한 일을 많이 겪어서 그런지 별로 놀라지도 않았다.

"그거 정당방위예요. 더군다나 품에서 칼 꺼내다가 팀장님이 덮쳐서 찔려 죽었다면서요."

"누가 시비를 가려 달랬냐! 여기서 뭘 못 느끼겠어? 나도 살인자가 된 거야, 나도! 아버지와 박씨 아저씨가 월남전 때 사살한 베트남 병사 수가 열 명이 넘는댔어. 러시아 대통령도 부하를 죽였다며? 믿기진 않지만 나도 사람을 죽였고!"

내 외침을 들은 사공은 그제야 놀랐는지 눈 깜빡거리는 것도 잊은 것 같았다.

"그럼 고, 고엽제는……."

"애당초 아무 상관 없던 것일지도."

그렇게 가정한다면 DCT는 살인자의 모발을 탈락시키는 물질이었다. 살인을 하면 DCT와 반응하여 탈모를 일으킨다고 생각하니 이해되지 않던 문제가 풀렸다.

"와……. 그 말이 사실이면 러시아 대통령이 사람 죽였다는 소문은 사실이 되고, 소문이 퍼지면 국제적으로 문제가 많겠네요. 소문과 사실은 천지 차이니까요. 이게 그런 약이군요."

"그러네. 이건 탈모가 문제가 아니잖아."

"러시아 대통령이 이걸 알면 우리는 열흘이 아니라 십 분 안에 죽을걸."

"와 씨, 우리 그럼 어떡해요?"

"부작용을 없애는 약을 개발해야지."

우리는 다시 고민에 빠졌다. 이 약의 발생 기전을 안다고 해도 부작용을 막는 것은 다른 얘기였다. 우리는 이제

겨우 외계인의 존재를 안 것과 같았다. 외계인의 존재를 알았다고 바로 3일 후에 외계 행성에 도착하는 우주선을 만들 수 없는 노릇이었다.

"사공, 이래서는 답이 없어. 선택지는 세 가지야."

"뭔데요?"

"하나는 치료제를 개발하는 거고, 둘은 손발 다 잘리고 죽는 거, 셋은 고통스럽게 죽기 전에 자살하는 거."

내 말을 들은 사공은 금방이라도 울 것 같은 표정을 지었다. 그 표정을 보고 있으려니 나도 평정심을 유지하기 어려웠다.

"팀장님."

"왜."

"저도 죽고 싶어요."

"그래, 죽자."

삶의 의지가 바닥났는지 죽자는 말이 밥 먹자는 말처럼 저항 없이 나왔다.

"근데…… 여기서는 죽고 싶어도 못 죽어요."

"그게 무슨 소리야?"

"팀장님, 여기 감시 카메라가 널렸어요. 다른 데는 몰라도 연구실에는 카메라가 엄청 많아요. 연구실 뒤에는 세르게이 부하들이 대기하는 방이 있거든요. 팀장님 여기 오시기 전에 제가 시험 좀 하다 작은 폭발이 있었는데, 정확히 1.5초 만에 들이닥쳐서 제 팔다리를 붙잡더라고요. 혹시 자살할까 봐 그러는 거겠죠. 연구소에 있는 물건은 연구소 밖으로 못 갖고 나가요. 그리고 밖으로 나가봤자 무슨 방법이 있는 것도 아니고요. 이곳을 외길제약 연구동하고 비슷하게 꾸며놨는데, 실제로는 훨씬 넓어요. 길이 미로처럼 되어 있어서 걷다 보면 어느새 처음 출발했던 자리로 돌아와 있어요. 출구가 없어요. 그래서인지 연구실에 있는 물건만 갖고 나가지 않으면 웬만한 곳은 자유롭게 다닐 수 있어요. 어차피 벗어나지 못하니까."

"그럼 세르게이 일당은 어디로 출입하는 거야?"

"여기 연구소 뒤 같아요. 거기에만 경비가 집중 배치되어 있거든요."

희망을 찾으려고 노력해봤지만 좌절의 벽은 너무 높았다. 아버지가 한 말이 다시금 떠올랐다. 강한 놈이 오래가는 게 아니라, 오래가는 게 강한 거라고. 그러나 우리는 강하지도 않았고 오래갈 능력도 없었다. 반면, 러시아 특수부대 출신 중앙정보국 요원 세르게이는 너무 강하게 느껴졌다. 무기력하게 하루가 지나갔다. 백마부대 용사

아버지와 지아이제인이 구하러 오기를 바라는 수밖에 없었다. 마지막 남은 희망은 그것뿐이었다.

나는 망연자실한 나머지 봅슬레이를 타는 듯한 자세로 의자에 드러누워 있었지만, 사공은 아니었다.

"팀장님, 정말 엄청난데요."

현미경으로 나의 혈액을 들여다보던 사공이 토끼 눈을 하며 외쳤다. 사공처럼 살인을 하지 않은 사람의 혈액과 나의 혈액은 분명한 차이가 있었다. 나의 혈액 속에서는 유전자 코일 속 수용체의 변이가 일어나 모낭 세포를 공격하는 일이 벌어졌다.

"목소리 좀 낮춰."

나는 옆에서 팔짱을 끼고 고개를 두리번거렸다. 살인과 탈모의 연관성이 밝혀져서 좋을 것이 없었다.

"그래, 네가 봐도 배열이 독특하지?"

나는 상체를 일으켜 대꾸했다. 이미 내가 확인한 사실이었다.

"네, 살인 후 이 호르몬이 생성된 것 같아요."

"그렇지. 근데 지금 보니 그렇게 기괴한 일은 아니야. PTSD(외상후스트레스장애)도 콜레키스토키닌이라는 호르몬이 분비되면서 증상이 악화된다는 보고가 있어. 그렇다면 특정 행동, 이를테면 살인 같은 것이 특정 호르몬의 분비를 유발한다는 가설도 일리가 있지. 그런데 어째서 그런 일이 생기는 걸까?"

"일종의 유전적 자기방어가 작동하는 게 아닐까 싶어요."

"이게 무슨 자기방어야, 자기 털이 빠지는데 자기공격이지."

"보세요, 개체를 널리 퍼뜨리고 보존하기 위해 그렇게 설계되어 있지 않나 싶은 거죠. 종족끼리 죽이는 일은 그리 흔하지 않죠. 사람이 식인을 하지 않는 것도 본능적으로 그러면 안 된다는 인식, 즉 방어기제가 있기 때문이잖아요. 사람을 죽이는 것도 마찬가지죠."

사공은 팔뚝만 한 소시지로 뒷덜미를 탁탁 두드리며 말했다. 천하장사를 여기까지 가져오다니.

"그러니까 살인자들이 대를 잇기 어렵게끔 진화되었다?"

"네, 그렇죠. 기본적으로 짝을 이뤄야 자식을 낳을 수 있잖아요. 근데 일단 대머리가 되면 좀…… 그렇잖아요. 대머리였던 팀장님과 제가 여자 친구가 없었던 것처럼요. 연애를 못 하는데 어떻게 자손을 낳아요."

"할 수도 있지, 인마."

단전에서 뭔가가 울컥하면서 올라왔다. 사공은 이제 자기 얘기 아니라고 말을 함부로 하고 있었다.

"대머리는 이성에게 매력이 없죠. 홉킨스 박사는 십만 명을 대상으로……."

"그건 나도 아니까 넘어가자."

후천적으로 약을 잘못 먹어서 한쪽만 대머리가 된 형제 중 누가 더 매력적인지 선택하는 홉킨스 박사의 실험이 있었다. 설문에 참여한 십만 명 중 대머리 쪽이 더 매력 있다고 대답한 이가 단 하나도 없다는 충격적인 연구 결과는 나도 익히 알고 있었다.

사공의 팩트 폭력은 묘하게 설득력이 있었다. 하지만 한 가지 오류가 있었다.

"그러면 그냥 살인했을 때 탈모를 유발하는 호르몬이 나오면 그만인데, 굳이 DCT와 결합해서 탈모를 발현할 이유는 없잖아."

"진화 중이니까요."

"진화 중?"

"제 전공이 진화생물학이잖아요. 인류는 처음엔 털이 없는 사람이 이성적으로 매력적인 대상이었어요. 그래서

털이 다른 동물처럼 풍성했던 원시인은 수만 년이라는 시간이 흐르면서 지금처럼 온몸의 피부가 드러나도록 진화하게 된 거죠. 그런데 머리털은 예외였어요. 인류는 아이나 청소년기에는 머리털이 탈락하지 않다가 한창 번식이 끝날 무렵 본격적으로 탈모가 시작되죠. 그래서 대머리 남성은 다른 이성에 한눈팔지 않고 가정에 충실하도록 진화한 겁니다. 아마 시간이 흐르면 DCT와의 결합 없이도 독립적으로 탈모가 발현되겠지요."

사공의 입은 사기꾼의 그것처럼 막힘이 없었다. 근거는 없지만 그럴듯했다. 하지만 가설은 가설일 뿐, 부작용 치료제를 개발하는 것과는 별개의 일이었다. 사공과 나는 전자현미경으로 탈모약과 혈액반응을 관찰했지만 도무지 어떤 성분이 이들의 결합을 막을 수 있는지 짐작도 되지 않았다. 종일 세포들을 관찰하다 보니 눈이 새빨갛게 충혈되어 튀어나올 것 같았다.

깜빡 잠이 들었다가 인기척에 눈을 떴다. 뭔가 익숙한 모습을 한 두 사람이 아른거렸다. 눈을 몇 번 깜빡이니 그들에게 초점이 맞춰졌다. 아버지였다. 옆에는 송 팀장이 서 있었다. 이것도 꿈일까? 나는 벌떡 일어났다. 옆의 사공도 놀라서 눈을 동그랗게 떴다.

"역시 백마 용사와 지아이제인이야. 구하러 왔구나!"

그러나 그들의 표정이 왠지 밝지 않았다. 아버지가 입을 열었다.

"아니, 우리도 잡혔어."

송 팀장과 아버지의 뒤에서 세르게이와 군복을 입은 사람 몇이 총을 들고 걸어 들어왔다.

"고 박사, 혹시 뭐 작전 같은 거 세워뒀던 거 아니야? 플랜 A는 고팔수 씨랑 같이 도망치는 거, 그거 실패하면 플랜 B로 넘어가서 고팔수 씨라도 탈출시키는 거, 그것도 실패하면 플랜 C로 넘어가서 여기 있는 송희수가 다 구해주는 거. 송희수 씨, 어디 구해보실까?"

이제 꿈도 희망도 없었다.

"그만해, 이 자식아!"

나는 세르게이에게 달려들어 주먹을 날렸다. 세르게이는 허리를 살짝 틀어 피하면서 발끝을 들어 올렸다. 세르게이의 군홧발이 내 복부에 정통으로 꽂혔다. 나는 배가 찢어지는 고통으로 숨도 쉴 수 없었다. 세르게이가 위에서 바닥에 나동그라진 나를 향해 하얀 이를 드러냈다.

"내가 우습나? 어디 한국 연구원 따위가 러시아 스페츠나츠하고 대적할 생각을 하나? 하룻강아지가 뭘 알겠어? 아주 작전도 귀엽게들 짰던데, 그런 얄팍한 수가 통할 것 같았나? 한국이나 영국이라면 몰라도 이곳에서는 너희가 사라져도 누가 해치웠는지 짐작도 못 할걸?"

세르게이가 나의 멱살을 쥐고 들어 올린 뒤 귀에 대고 속삭였다.

"고 박사님하고 사공 박사님, 보아하니 너무 일을 안 하시네. 대체 뭐가 문제야?"

나는 목이 메어 간신히 말했다.

"그냥 나를 죽여, 이 자식아. 저 사람들 보내주고."

진심이었다. 세르게이가 잡고 있던 내 멱살을 놓았다. 나는 다시 바닥에 고꾸라졌다. 세르게이의 입꼬리가 올라갔다.

"음, 생각이 바뀌었어. 모레까지 진전된 결과를 내놓지 않으면 고팔수를 죽이겠다. 그다음 날은 송희수. 그다음 날부터 고 박사 귀를 자를 거야. 그럼 상봉의 기쁨 많이 나누세요."

세르게이와 부하들이 연구소 뒷문으로 나갔다.

나는 아버지를 부둥켜안고 울었다. 반갑고 슬펐음에도 아버지는 너무도 사랑스러웠다.

"미안허다, 영길아."

"아부지가 왜 미안해유. 아부지가 저 때문에 이게 뭐예요."

"그런데 네 머리는 또 왜 이러냐. 그 약 못 쓰겄구먼."

털이 다 빠진 내 머리를 보며 아버지가 안타까워했다.

"죄송해요, 저 때문에……."

사공이 옆에서 중얼거렸다. 송희수 팀장은 참담한 표정으로 말없이 서 있을 뿐이었다.

"아버지는 언제 붙잡히신 건가요?"

"롱칸 파고다를 벗어나고 두 시간 정도 뒤에요. 아버님한테 GPS 캡슐을 먹였더라고요."

우리가 생각하는 건 저쪽에서도 다 하고 있었다.

"미안혀, 나는 그게 위치추적기인지 몰랐지."

"그럼 여기 온 지는?"

"꽤 됐어요. 저희는 지금까지 어떤 방에 갇혀 있다가 나온 거예요."

"그럼 세르게이가 첫날부터 우리를 전부 잡아놨다는 거잖아!"

우리는 처음부터 세르게이의 손바닥 안에서 놀고 있었다. 송 팀장은 아무 말 없이 고개를 떨궜다. 세르게이는 넘을 수 없는 벽이었다. 한국에서 이곳으로 오기 전부터 우리를 감시하던 조직을 이길 수는 없었다. 모든 의욕이 바닥을 쳤다. 이제 어떤 절망적인 소식을 들어도 놀랄 기력조차 없었다.

17. 카드 번호의 비밀

"참, 박사님."
"네."
내내 무거운 표정을 짓던 송 팀장이 무슨 생각이 났는지 눈썹을 치켜올리며 나를 불렀다.
"삼칠구일팔삼오오칠구……."
"응? 그 숫자……."
옆에 있던 아버지가 놀랐다.
"뭔데요?"
"나도 아는 번호여. 삼칠구일팔삼오오칠구이구오구팔."

송 팀장이 눈을 동그랗게 뜨더니 아버지에게 물었다.

"아버님, 그 번호를 어떻게 아세요?"

"그 뭐냐, 저놈들이 내 눈에 씌운 안대를 풀고 절에 세웠을 때 옆에서 누가 내 귀에 대고 계속 중얼대길래 외웠지."

"그게 누군데요?"

"잘은 몰러. 안대를 푼 직후라서 한동안은 눈이 부셔 암것도 안 보였어. 키는 컸던 거 같은디. 얼굴은 못 봤구먼."

놈들이 아버지에게 안대를 씌운 것은 롱칸 파고다에서 우리와 접촉하기 직전이었다. 그러고 보니 롱칸 파고다에서 아버지가 후드를 쓴 승려에게 여기가 어디냐고 묻던 모습이 떠올랐다. 아버지는 롱칸 파고다에서 그 숫자를 들었을 터였다.

송 팀장이 말했다.

"제게 번호를 알려준 사람은 스님이었어요."

"어떤?"

"스님요. 머리털은 한 올도 없는 백인 스님."

"난 외모는 못 봤으니 모르고, 더듬더듬 한국어를 하던데……."

"맞아요. 그 스님도 한국어를 했어요. 그리고 박사님을 만나면 꼭 이 번호를 알려주라고 했어요."

"그래서 누군데요?"

"노헤어 포럼인가 거기서 만난 친구라고 하면 안댜."

"네?"

나는 돌로 머리를 맞은 것처럼 멍하니 입을 다물고 있었다.

*

노헤어 포럼에서 만났던 친구. 아버지와 송 팀장이 만난 사람은 오스본 3세였다. 실종되었다는 그가 죽지 않고 살아 있는 모양이었다. 러시아의 오렌부르크 흑돌고래 교도소에서 다른 곳으로 이송 중에 탈출했다더니, 설마 이송지가 베트남이었던 것인가. 러시아는 왜 그를 베트남으로 이송한 걸까. 어쨌든 오스본 3세는 지금 베트남에 있었다.

러시아가 오스본 3세에게 집착하는 이유는 알 것 같았다. 이제야 그가 내게 한 말의 의미를 깨달았다. 나는 물리적으로는 세르게이의 손안에 있었고, 연구학적으로는 오스본 3세의 손안에 있었다.

"부작용을 모른다고?"

오스본 3세가 눈썹이 없는 한쪽 눈을 치켜뜨며 한 말이 떠올랐다. 그는 이미 몇 년 전에 DCT와 동일한, 혹은 매우 유사한 성분을 개발한 것이 분명했다. 하지만 애초 대머리인 사람이 머리털이 나는 일은 없었을 것이다. 그가 실험 대상으로 한 사람들은 살인자들이었을 테니.

오스본 3세는 살인자를 대상으로 마음껏 연구할 수 있도록 해주겠다는 러시아의 유혹에 넘어가 러시아로 망명했겠지. 하지만 그 대가로 자유를 잃은 게 아닐까. 지금 우리가 여기에서 목숨을 위협받으며 연구를 강요당하는 것과 마찬가지로.

어쨌든 오스본 3세는 천재라는 생각만 들었다. 나보다 먼저 발모제의 부작용을 알고 있던 것도 그렇고 세르게이의 손아귀를 벗어난 것도 그랬다. 아버지와 송 팀장이 롱칸 파고다에 있는 줄은 어떻게 알았을까. 그리고 그가 내게 전하고 싶은 것은 무엇일까.

"그 사람이 오스본의 손자라고요?"

내 설명을 들은 송 팀장이 눈을 크게 떴다. 아무리 송 팀장이라지만 오스본의 손자를 만날 줄은 짐작조차 하지 못한 것이다.

"그래도 목소리는 다정하더구먼. 더듬거리지만 한국말을 배운 것도 기특하고 말이여."

"그 사람의 가족 이야기를 들으면 생각이 달라지실걸요. 그 사람 할아버지가 희대의 살인마예요."

송 팀장의 말을 들은 아버지가 헛웃음을 뱉었다.

"아니, 그거이 무슨 상관이여. 대머리나 대물림되는 거지, 자식도 아니구 손자가 무슨 죄여."

'오스본 3세도 만만찮은 놈이에요. 그가 대머리인 것이 그 증거입니다!'라는 말이 목젖까지 튀어나왔으나 간신히 삼키고는 고개를 끄덕였다. 박씨 아저씨와 아버지 그리고 나도 모두 살인자라는 사실을 사공에게는 몰라도 아버지에게까지 말할 수는 없었다. 생각이 여기에 미치니 사공의 입단속을 해야 했다.

나는 사공의 귀를 잡아당겨 살인의 살 자도 꺼내지 말라고 함구를 시키고는 생각에 잠겼다. 아버지와 송 팀장에게 말한 그 숫자들은 무엇을 의미하는 걸까.

"삼칠구일……."

중얼대던 나를 본 사공이 심드렁한 표정으로 구시렁거

렸다.

"그거 신용카드 번호 아니에요? '삼칠'로 시작하는 열다섯 자리면…… 유러피언 익스프레스네."

"하여튼 개 눈엔 똥만 보인다더니……."

"진짜예요. 거기에 '구일'이면 블랙카드고요."

블랙카드라는 말에 정신이 번쩍 뜨였다. 오스본 3세가 자신의 신용카드가 블랙카드라고 자랑하던 모습이 떠올랐다.

"더 해봐."

그러고 보니 사공도 돈에 매수됐지. 돈 밝히는 녀석들만 아는 그런 세계가 있는 모양이다.

"보통 신용카드 번호는 룬 공식*으로 유효 카드인지 밝혀낼 수 있는데요, 블랙카드의 번호는 특별한 함수로 만들어졌다더라고요. 학자들이 만든 공식으로 일련번호를 산출해낸다나……."

"뭐?"

---

* IBM 과학자 한스 피터 런의 이름을 따서 명명된 간단한 체크 숫자 공식으로, 다양한 식별 번호를 검증하는 데 사용되는 공식. 이 공식을 이용해 유효한 카드 번호인지 확인이 가능하다.

설마 오스본 3세가 불러준 번호가 내가 논문에 기재한 트윈 라이트 유전자 함수와 관계가 있는 걸까? 블랙카드 회사가 내 논문을 보고 나의 함수를 선택했다면……. 그것은 열다섯 가지 화학 재료의 비율을 나타낸 것이었다. 아버지와 송 팀장이 알려준 번호가 열쇠가 될 수 있었다. 나는 내가 발표한 공식에 그 번호를 대입하기 시작했다.

"그냥 번호가 아니야."

오스본이 불러준 번호는 유효했다. 나의 유전자 함수를 이용한 결과 발모제 레시피에 적용될 수 있는 숫자로 판명되었다. 탈모와 발모를 일으키는 성분의 함량은 종이 한 장 두께의 만분의 일보다도 차이가 적었다.

내게 레시피에 대한 설명을 들은 사공이 물었다.

"아니, 그러면 오스본 손자는 발모제 레시피를 알고 있다는 거잖아요?"

"맞아, 그것도 우리가 DCT를 개발하기 이전에 말이야. 하지만 그는 그걸 세상에 발표하지 않았지."

"왜요?"

"그에게는 전혀 효과가 없었어. 왜냐하면……."

"살인자니까!"

"목소리 좀 낮춰."

나는 옆에서 팔짱을 끼고 고개를 두리번거렸다. 사공 녀석이야 그렇다 치고 살인과 탈모의 연관성이 밝혀져서 좋을 것이 없었다.

"저쪽은 탈출 계획 짜느라 정신없는 거 같은데요."

다행히 아버지와 송 팀장은 이단 옆차기니 원 샷 원 킬이니 하는 살벌한 말만 쏟아내는 중이라 이쪽에 신경 쓸 겨를은 없어 보였다. 사공이 말을 이었다.

"오스본 손자도 대단한, 아니 무서운 사람이네요. 하긴 자기 할아버지도 살인자였으니……."

"어쨌든 오스본이 알려준 숫자들은 의미가 있어. 일단 내 공식에 넣어서 해가 나왔다는 사실로 발모 효과는 있어."

"그러면 된 건가요?"

"아니야, 그걸로는 부족해. 검증하는 공식으로 알 수 있는 번호는 한계가 있어. 신용카드 앞면에 새겨진 숫자처럼 열다섯 자리까지야. 마지막 숫자 세 개는 검증할 수도 없고 알려주지도 않았지. 그도 모르기 때문이야. 신용카드 뒷면의 세 자리 번호처럼. CVV, CVC라고 하는 것들 말이야."

공식을 안다고 하더라도 그 공식으로 풀어낸 숫자가 어떤 성분의 비율 순서를 나타내는 것인지 아는 사람은 나와 오스본 3세뿐이었다. 카드 번호의 언어로 소통 가능한 사람은 나와 그뿐이기 때문이었다.

"그러면……"

"999개의 경우의 수가 있겠지."

"그걸 언제 다 시험해봐요?"

"지금."

*

"팀장님, 괜찮아요?"

사공이 쓰러진 나를 일으켜 세웠다. 눈의 초점이 모이지를 않았다.

"어떻게 된 거야!"

문이 벌컥 열리는 소리와 함께 세르게이의 목소리가 들렸다.

"티, 팀장님이 실험을 하다가 쓰러졌어요."

"쇼하는 거 아냐?"

"아니에요! 눈 풀리는 거 봐요."

17. 카드 번호의 비밀

"자살하면 가만두지 않겠어!"

사지에 힘이 들어가지 않았다. 이렇게 머리털도 잃고 꿈도 잃고 죽는 건가.

엄청난 가슴의 통증에 눈이 떠졌다. 아버지와 송 팀장, 사공이 나를 내려다보고 있었다. 아버지가 외치는 소리가 몽환적으로 느껴졌다.

"깨어났어!"

나는 고통의 근원인 가슴을 향해 시선을 옮겼다.

"아파, 그만해……."

세르게이가 나의 가슴에 손을 대고 펌프질을 하고 있었다. 반동 때문인지 세르게이의 윗옷 주머니에 들어 있던 네모난 무언가가 툭 떨어지는 게 보였다.

"Этот чертов ребенок!*"

의식을 회복한 나와 눈이 마주친 세르게이가 뭐라고 외쳤다. 그러더니 내 멱살을 잡고 들어 올렸다.

"넌 내가 허락하기 전엔 죽을 수 없어."

---

*   '이 망할 자식아!'라는 뜻의 러시아어.

사공이 세르게이의 팔을 잡으며 애원하듯 설명했다.

"죽으려고 한 게 아니에요! 테스트를 하다 쇼크를 받아 쓰러진 거라고요."

그제야 세르게이가 나의 멱살을 놓고는 난처한 표정으로 입맛을 다셨다. 세르게이에게 처음으로 초조함이 느껴지는 순간이었다. 세르게이와 부하들은 나를 의자에 앉히고 물을 마시게 했다.

999개의 경우의 수 중에 가능성이 없는 500여 개의 수를 제거하고 만든 약을 먹은 대가는 심장마비였다. 시간과 피험자의 수가 너무도 부족했다. 죽고 싶어도 못 죽는다는 사공의 말은 거짓이 아니었다. 자살을 원한 건 아니었으나 세르게이 덕분에 다시 살아났다는 사실이 다시금 무력감을 안겨줬다.

"그런데 고 박사, 노력이 전혀 무의미하진 않은 것 같은데?"

내 머리를 본 세르게이가 고개를 갸우뚱하며 나를 바라보고 있었다.

"이게 뭐여."

"어디서 본 적 있어요. 중세 수도사……."

"저도요, 일본의 갓파 같기도 하고……."

저마다 나를 보고 한마디씩 했다. 나는 그들을 밀쳐내고 거울 앞으로 달려갔다.

"이게 뭐야!"

나는 다시금 심정지가 오는 듯한 충격을 받았다. 머리에 털이 돋아나고 있었다. 정확히 정수리만 빼고. 나의 절규가 실험실 안을 가득 채웠다. 수많은 약품 통 속에 청산가리라고 쓰여 있는 통이 보였다. 나도 모르게 그 통을 향해 손을 뻗었다.

"씨, 콱 죽어버려야지."

그러나 나는 약통을 건드리지도 못하고 세르게이의 부하에게 사지가 붙들려 허둥댈 뿐이었다.

"자기가 머리를 저렇게 해놓고 난리…… 풉!"

세르게이가 기어이 마시던 물을 뿜고 말았다.

"꺼져, 인마!"

나는 세르게이가 내게 심장마사지를 하면서 떨어뜨렸던 것을 주워 던졌다. 그것은 세르게이의 신용카드였다. 세르게이는 카드를 머리에 정통으로 맞고도 화는커녕 웃음을 참으며 부하들과 함께 문밖으로 나갔다. 사공이 웃음이 나오는 입을 틀어막으며 중얼거렸다.

"세르게이도 좋은 카드를 쓰네."

18. 그럼에도 희망을

 사공과 나는 넋이 나간 채로 누워 있었다. 효과가 없는 것은 아니었지만, 테스트를 계속할 수는 없었다. 목숨은 하나뿐이기 때문이다. 송 팀장의 눈동자도 흐리멍덩해져 삶의 의지가 느껴지지 않았다. 그럼에도 희망의 끈을 놓고 있지 않은 사람은 아버지뿐이었다.
 "여기는 아무래도 퀴논보다는 아래쪽 같은디."
 "아부지가 그걸 어찌 알아유?"
 "왠지 낯이 익어."
 무슨 말인지 알 수 없었다.
 "아부지는 여기 잡혀 올 때 멀쩡한 정신으로 오셨어

요?"

"아니, 깨보니깐 여기여."

"그런데 어떻게 낯이 익어요?"

아버지의 미간에 세로 주름이 생겼다가 펴졌다.

"그게, 월남전 때 있잖여. 거 뭐냐, 오작교 작전 승리하고 보니께 땅굴이 무지막지하게 깊게 파졌더라고. 한동안 우리가 점령하고 있다가 미군 철수할 때 갱도 막아놓고 돌아왔지. 우리가 오작교 작전할 때 그 밑에 파놓은 땅굴이랑 구조가 똑같어."

"네? 그럼 러시아가 그 땅굴에 연구소를 지어놓은 거예요?"

"아마 그렇지 않었어? 그러니께 잘만 하믄 뭐 어떻게 될 것 같기도 헌디. 여기 마감 상태를 보니께 지은 지 한 달도 안 된 거 같은디. 암만 러시아 특수부대라지만 그 시간에 땅굴 구조를 다 알기는 어렵지. 나름 깊은 데까지 공구리도 쳐놓는다고 쳐놨는디, 빈틈이 보여."

우리는 흥분을 감추지 못하고 이구동성으로 물었다.

"그래서 여기 출구가 어딘가요?"

"저기 연구소 뒷문……."

갑자기 맥이 탁 풀렸다.

"저기, 아버님. 그건 저도 아는데……. 세르게이가 들락거리는 곳이잖아요."

"아직 나 말 안 끝났는디……."

잠시 정적이 흘렀다. 아버지가 다시 입을 뗐다.

"입구가 거기뿐이 아니여. 그런데 전쟁 끝나고 입구를 다 폭파했어. 하나만 남기고. 거기는 폭파하지 않고 철문으로 닫아놨지. 내 기억으로는 해안 쪽으로 나 있는 입구여."

뭔가 희망의 빛이 보이는 것 같았다.

"그럼 거기까지만 가면 되겠네요."

"그런데 문제는 그 철문 두께가 10센티미터는 된다는 거여. 가장 약한 경첩도 몇 센티미터는 될걸. 그걸 어떻게 연디야?"

팔짱을 끼고 누워 있던 사공이 입을 열었다.

"그럴 때는 천하장사!"

드디어 사공이 미쳤다고 생각했다. 무심코 주머니에 손을 찔러보니 소시지가 들어 있었다. 서울에서 이곳까지 여행 온 소시지라니. 소시지 입장에서는 운이 좋은 건지 나쁜 건지 알 수가 없었다. 소시지로 사공을 때렸다.

"아, 왜 때려요! 농담이 아니라니까요. 팀장님 전공이 뭔데요?"

"화학이지."

사공이 갑자기 목소리를 낮췄다.

"여기서 폭탄을 만들 수 있어요. 소시지 속에 넣으면 돼요. 독극물은 연구소 밖으로 못 갖고 나가지만 소시지는 한 번도 제지당한 적이 없거든요. 봐요, 오늘도 저랑 팀장님이 소시지 하나씩 갖고 있잖아요. 폭탄 두 개. 됐죠?"

나는 학교 다닐 때의 기억을 퍼올리느라 애를 썼다. 그 기억은 마리아나 해구의 밑바닥 정도에 있는 것 같았다.

"하도 오래 돼서……. 여기 아세톤하고 염산 있지?"

작전은 아버지가 짰다. 작전 개시 시간은 앞으로 여섯 시간 뒤로 정했다. 가장 먼저 이 연구소에 도착한 사공의 말에 따르면 세르게이가 나오지 않는 시간은 앞으로 다섯 시간 뒤부터라고 했기 때문이다. 그 시간이 아침 일곱 시 정도 될 것이라 추정했다. 해안으로 향한 입구까지 가는 것이 문제였다. 아버지 말로는 갱도 길이가 5킬로미터가 넘는다고 했다. 기다리는 여섯 시간 동안 태연한 척하는 것도 고역이었다.

송 팀장이 말했다.

"이번엔 제가 할 수 있는 게 하나도 없네요."

"아니요, 앞으로도 하지 마세요."

"농담하시는 거예요?"

"아니요, 정말로요. 특히 무슨 일이 있어도 사람은 죽이지 마세요."

송 팀장은 '그게 무슨 뜬구름 잡는 소리냐'라는 말을 표정으로 대신했다.

"명색이 경호원인데 어떻게 그래요?"

"저를 지키려고 하지 마세요. 대신 칼 맞고, 총 맞고 이러는 거 절대 안 돼요."

송 팀장이 한숨을 내쉬면서 말을 돌렸다.

"원래는 알렉스가 저희 위치를 추적해서 구출하는 게 플랜 C였어요."

"응? 그 여행 가이드요? 살아 있어요?"

모델 같은 비주얼의 팔방미인 알렉스.

"네, 동남아 쪽 유능한 정보원이에요, 가이드로 위장한."

"잘생겼던데?"

"그랬죠. 못 하는 게 없었는데, 인간적으로는 알렉스가 너무너무 싫어요."

"왜죠?"

"머리숱이 많은 여자가 이상형이라더라고요. 그래서 짜증이 났죠."

"송 팀장님이 좋아했던 건 아니고요?"

"고 박사님의 GPS 신호가 끊어진 거 보고 어느 정도 위치 파악을 하고 있을지도 몰라요."

"아니, 알렉스 좋아했냐고 물어봤는데 웬 딴소리예요?"

19. 갱도에서

 세르게이의 부하 두 명이 식사 시간을 알렸다. 우리는 연구소를 나왔다. 식당으로 가기 전에 소지품을 검사했다. 연구소에 들어올 때와 똑같아야 했다. 아버지와 송 팀장은 무사통과됐다. 사공의 차례였다. 그들은 사공의 소지를 보고 뭐라고 하는 것 같았다. 베트남어였다. 베트남어를 조금 알아들을 수 있는 아버지가 더듬거리며 통역을 했다. 소시지가 썩을 수 있으니 버리라는 얘기였다. 사공이 난처한 표정을 짓자, 얼굴을 찡그리며 통과시켰다. 내 차례였다. 세르게이의 부하가 역시 소시지를 잡고 트집을 잡았다. 등골이 서늘해졌다.

아버지가 말했다.

"그거 버려야 한다는디?"

나는 고개를 저으며 사공이 아까 했던 것과 똑같은 표정을 지었다.

"장난하냐는디?"

세르게이의 부하는 좀 전과는 달리 소시지를 유심히 보고 있었다. 심장이 터질 듯 두근거리기 시작했다. 그가 소시지에 난 칼집을 뚫어지게 바라보고 있었다. 아버지가 그 틈을 놓치지 않고 그의 얼굴에 박치기를 날렸다. 그가 얼굴을 감싸 쥐자, 다른 한 명이 아버지에게 방아쇠를 당겼다. 그러나 총알은 빗나가 얼굴을 감싼 세르게이의 부하를 관통했다. 방아쇠를 당기는 순간 송 팀장이 보디체크를 했기 때문이었다. 그는 넘어지면서 다시 총을 겨눴다. 이번에는 아버지의 사커킥이 그의 얼굴에 꽂히면서 또 한 번 총알이 빗나가고 말았다. 5초도 안 되어 바닥에 두 명의 남자가 피를 흘리고 쓰러졌다.

아버지가 소리쳤다.

"뭐햐, 뛰어."

아버지와 송 팀장이 쓰러진 경비로부터 총을 챙겼다. 우리는 아버지가 지시한 곳으로 뛰었다. 연구소의 앞쪽이었다. 달리기 시작한 지 1분도 지나지 않아서 경보음이 울리기 시작했다. 작전이 처음부터 틀어졌다. 잠글 수 있는 문은 다 잠그면서 도망쳤다. 우리는 왼쪽, 오른쪽으로 방향을 틀었고, 사다리를 타고 올라가기도 했다. 그야말로 입체적인 미로였다. 도중에 복도 옆에서 누군가의 목소리가 들렸다.

"help."

나는 놀라 벌렁 넘어질 뻔했다.

"와, 씨. 깜짝이야!"

복도 옆에 방이 있었다. 문에는 가로로 긴 창이 뚫려 있었다. 조심스럽게 창 안을 들여다보았다. 사람이 있었다. 얼굴이 왠지 낯설지 않았다.

"이게 누구여, 응우옌 아니여?"

아버지가 그를 알아보고 소리쳤다. 어찌 된 일인지 아버지의 눈에 눈물이 그렁그렁했다.

사공이 소리쳤다.

"응우옌 짜이?"

그랬다. 그는 응우옌 짜이였다. 그가 살아 있다는 사실에 나 역시 안도의 한숨을 쉬었다.

"근데 아버지가 저 사람을 어떻게 아세요?"

나도 잘 모르는 응우옌 짜이를 아버지가 어떻게 아는 걸까.

"우린 구면이여. 우리 짜이가 고엽제 주기로 했담서?"

"그런 걸 어떻게 아셔요? 아니, 그보다 우리 짜이?"

"얘기하자면 길다. 일단 무조건 구해야 혀."

구해야 한다는 그 말엔 모두가 동감이었다.

"문이 철로 되어 있어요."

송 팀장이 엄지와 검지로 문의 두께를 나타냈다. 문에 난 창문 두께만 족히 5센티미터는 넘어 보였다. 소시지 폭탄이라도 써야 할 판이었다. 나중 일은 나중에 생각하기로 했다. 그런 생각을 하는 찰나 아버지가 나를 불렀다.

"영길아, 이거 봐라. 이 악랄한 놈들."

아버지 쪽으로 고개를 돌렸다.

"어, 어떻게 들어가셨슈?"

아버지가 어느샌가 방 안으로 들어가 응우옌 짜이 옆에 서 있었다.

"문이 안 잠겨 있든디?"

그럴리가…… 라고 생각했으나 정말이었다. 왜 문이 잠겨 있지 않았나 싶었지만 응우옌 짜이의 상태를 보니 바로 이해되었다. 응우옌 짜이는 움직일 수 없었다. 그는 시멘트가 가득 찬 드럼통에 담겨 있었기 때문이었다.

"이대로 들고 가서 바다에 버릴 생각이었구먼."

생각만 해도 아찔했다. 우리도 연구소에 있었다면 그 수순을 밟았을 거란 생각이 들었다.

"시멘트를 들이부은 지 얼마 안 된 거 같아요. 손이 쑥쑥 들어가는데?"

사공의 말대로 시멘트가 굳기 전에 발견된 것은 천운이었다. 사공의 말이 끝나자마자 아버지가 드럼통을 넘어뜨렸다. 드럼통에서 시멘트와 묶여 있는 응우옌 짜이가 바닥에 쏟아지듯 흘러나왔다. 송 팀장이 재빠르게 응우옌 짜이의 손발을 묶고 있던 케이블 타이를 끊어내자 곧바로 아버지는 응우옌 짜이를 둘러업고 뛰었다. 둘이 무슨 합이라도 맞춘 것처럼 손발이 척척 맞았다.

나는 헐떡대면서 아버지에게 물었다.

"근데 아버지, 응우옌 짜이를 어떻게 알아보셨어요?"

"연구소에 오기 전에 같은 방에 갇혀 있었어. 나야 네 아버지니께 살려둔 걸 테고 짜이는 이제 쓸모가 없다고 판단한 거지."

일리가 있었다.

"아니, 그런데 길어야 하루 같이 계셨을 텐데 어떻게

그리 친하냐고요."

"사연이 있는 아여, 이놈아."

20. 응우옌 짜이

고팔수는 극심한 두통과 함께 정신을 차렸다. 눈을 떴지만 감은 것과 같았다. 암흑 속이었던 까닭이다. 벽과 바닥은 차갑고 단단했다. 얼마나 정신을 잃었던 걸까. 참을 수 없이 소변이 마려워 고팔수는 바지의 지퍼를 내렸다.

"Ở đó cấm làm vậy.*"

고팔수는 화들짝 놀랐다. 누군가 같은 공간에 있었다. 그는 베트남어로 여기서는 안 된다고 말하고 있었다.

---

* '그곳은 금지입니다'라는 뜻의 베트남어.

베트남어를 알아들은 고팔수가 화난 표정으로 대꾸했다.

"그럼 어디서 누란 말이여."

고팔수의 말을 알아들은 것일까? 스위치를 켜는 소리와 함께 천장에 불이 들어오면서 주변이 환해졌다.

"한국인?"

고팔수는 부신 눈을 찡그리며 소리가 나는 곳으로 고개를 돌렸다. 베트남인으로 보이는 남성이 붙박이 침대에 앉아 있었다. 눈이 깊고 코는 높았다. 보기 드문 미남이었다. 그 역시 고팔수의 한국어를 알아들었다.

"어, 댁은 베트남 사람인갑네. 근디 한국말을 으뜨케 하는겨, 혹시……."

"맞아, 라이따이한. 할아버지는 우리말을 어떻게 알아들어? 혹시……."

"그렇구면. 나는 수십 년 전에 여기 파병된 적이 있었어."

파병이라는 말을 들은 그는 미간을 찡그렸다.

"한국군, 쓰레기지."

고팔수는 돌직구처럼 들어오는 그의 말을 반박할 수가 없었다. 그가 라이따이한이라는 사실만으로도 그 말이

증명되기 때문이었다.

"그렇겠지. 난 팔수라고혀, 고팔수."

고팔수는 고개를 끄덕이며 손을 내밀었다. 부드러운 고팔수의 반응에 그는 고팔수가 내민 손바닥을 치며 인상을 풀었다.

"난 응우옌 짜이. 화장실은 뒤에 있어."

그는 엄지손가락으로 화장실이 있는 곳을 가리켰다. 고팔수와 응우옌은 사방이 콘크리트로 된 방에 갇혀 있었다. 창문조차 없어서 지금이 낮인지 밤인지조차 알 수 없었다.

응우옌 짜이의 아버지는 고팔수처럼 파병된 한국군이라고 했는데, 응우옌 짜이가 태어난 사실을 알고도 한 번도 응우옌 짜이를 보러 온 적이 없다고 했다. 그는 전쟁이 끝난 후 많은 라이따이한의 아버지들이 그랬던 것처럼 아무 일도 없던 것처럼 한국으로 돌아가 한국 여성과 결혼하고 자식을 낳았다. 그러는 동안 응우옌 짜이의 어머니는 막일을 전전하며 홀로 어렵게 응우옌 짜이를 키웠다고 했다. 응우옌 짜이 가족의 고난은 그뿐만이 아니었다. 주위에서 적군의 자식이라는 인식으로 바라보는 시선은 그들을 더욱 비참하게 만들었다. 응우옌 짜이의 가족은 한국인에게도, 베트남인에게도 환영받지 못했다.

응우옌 짜이의 사연을 들은 고팔수가 분개했다.

"그르므는 응우옌이는 아버지를 한 번도 못 봤단 말여?"

"스무 살 땐가, 한국에 갔었어. 그때 아버지를 만났지. 그렇지만 그는 화를 내며 나를 모르는 사람 취급했다. 지금은 한국에 간 걸 후회해."

응우옌의 말을 들은 고팔수는 부끄러움에 아무런 대꾸도 할 수 없었다. 아울러 이 가여운 사람에게 해줄 수 있는 것도 생각나지 않았다. 죄책감에 괴로웠던 고팔수는 화제를 돌렸다.

"지금 보니께 자네두 머리숱이 별로 없구먼."

고팔수가 거북이처럼 머리를 쭉 뽑으며 응우옌의 정수리를 눈으로 훑었다. 사십 대의 응우옌 역시 정수리 탈모가 진행 중이었다.

"어쩌라고."

응우옌은 고팔수의 팩폭에 미동도 하지 않았다.

"머리털이 있으믄 좀 낫지 않겠어? 우리 아들이 아주 그냥 기가 막힌 발모제를 개발했거든. 여기서 나가믄 내가 어떻게든 해볼게."

고팔수는 한국인으로서 응우옌의 고통을 보상해줘야 한다는 의무감이 들었다. 고팔수는 응우옌에게 도움을 줄 수 있다는 생각에 미소를 지었다.

고팔수의 제안에 응우옌은 손뼉을 치며 웃었다.

"그거 웃기려고 하는 소리야, 할배?"

"진짜여."

"아니, 할배는 머리털이 하나도 없으면서 나보고 그 말을 믿으라는 거야? 진짜 한국엔 사기꾼만 드글드글하군."

웃고 있던 고팔수의 얼굴이 굳어졌다. 응우옌의 말은 뭐 하나 반박할 수 있는 게 없었다.

"믿기 어렵겠지만 말여……. 사정이 있어."

응우옌은 애초 기대도 하지 않았는지 화를 내지도 않았다. 한국인에 대한 인식이 그 정도밖에 되지 않았던 탓이다. 그 또한 경험에서 비롯된 것이기에 고팔수의 속은 더욱 쓰렸다.

"난 머리……. 그렇게 고민해본 적이 없어."

고팔수는 고개를 갸우뚱하다가 응우옌이 왜 그런 말을 한 건지 문득 깨달았다. 응우옌의 얼굴이 너무 잘생겼기 때문이었다. 대머리의 핸디캡을 상쇄할 수 있는 미남은 율 브리너뿐이 아니었다.

"그럼 뭐가 고민이여?"

"한국인에 대한 기대는 애초에 접었다. 난 단지 우리나라에서 고엽제로 피해를 본 사람들에게 도움이 되고 싶을 뿐이야."

어딜 가든 이타적인 사람은 존재했다. 베트남에서는 응우옌이 그런 사람이었다.

"근디 응우옌이는 여길 어떻게 오게 된겨?"

고팔수는 그랜드 퀴논 호텔에서 마취제를 흡입해 정신을 잃었었다. 세르게이의 부하들에 의해 차에 어디론가 실려 간다는 느낌이 마지막 기억이었다. 응우옌도 같은 경험을 했는지 궁금했다.

"난 고엽제를 가져오면 값을 치러준다고 해서 고엽제를 챙기던 중이었는데 갑자기 정신을 잃었다. 깨어보니 여기였어. 한국인에게 그렇게 당하고도 또 속은 거지."

순간 고팔수의 머릿속이 복잡해졌다. 어떤 음모가 진행되고 있었다.

그때, 콘크리트로 둘러싸인 방의 문이 열리면서 군복을 입은 남자들이 들이닥쳤다. 그들 중 하나는 고팔수를 향해 총을 겨눴고 나머지는 응우옌 짜이의 양팔을 잡고 순식간에 방 밖으로 끌고 나갔다.

"응우옌! 내가 구해줄게!"

고팔수가 절규했지만 무기력한 외침일 뿐이었다. 고팔수에게 총을 겨눈 녀석이 나가면서 문은 도로 굳게 닫혔다. 고팔수는 무력감에 몸을 벌벌 떨면서 무릎을 꿇었다. 고팔수는 신을 믿지 않았지만 그날만은 모든 신에게 기도했다. 응우옌이 무사하기를.

21. 삼 대 700

동굴을 빠져나가면서 아버지에게 웅우옌의 이야기를 들고 나니 나 역시 부채감이 들었다. 나 때문에 웅우옌이 죽을 뻔했던 것이다. 한국인에 대한 그의 불신을 조금이라도 희석시키고픈 욕구가 솟아났다.

정신을 차린 웅우옌 짜이는 곧 아버지의 등에서 내려와 두 발로 달릴 수 있었다.

"할배, 대체 정체가 뭐야."

웅우옌이 아버지에게 한마디 하자, 우리의 시선이 웅우옌에게로 쏠렸다. 반말이 너무 자연스러웠기 때문이다.

"숨 좀 돌리고 얘기혀. 지금은 여기 벗어나는 것만 생각하고."

아버지가 응우옌의 등을 앞으로 밀었다.

우리는 어느새 불이 꺼진 복도를 달리고 있었다. 복도는 점점 작아져 갱도로 변했다. 아버지 말고는 아무도 모르는 길로 들어서고 있었다. 우리는 갖고 있던 핸드폰의 플래시를 켜고 달렸다. 군홧발 소리가 가까워지는 것이 느껴졌다. 숨이 차오르면서 걸음이 점점 느려졌다. 송 팀장과 아버지는 앞서갔지만, 운동이라곤 해본 적 없는 나와 사공은 뒤처졌다. 그때 뒤에서 총소리가 들렸다. 총알이 머리 위로 날아와 벽에 부딪히면서 불꽃이 일었다.

"안되겠다. 영길아, 소시지 하나 줘봐라."

"어떻게 하시게요?"

"보고나 있어."

아버지는 핸드폰과 결합한 소시지를 갱도 천장에 쑤셔 넣었다. 그러고는 세르게이의 부하에게서 뺏은 AK 소총으로 세르게이 일행이 오는 쪽에 사격을 가했다. 멀지 않은 곳에서 세르게이의 목소리가 들렸다. 그때 핸드폰 알람이 울리면서 소시지 폭탄이 터졌다. 갱도가 돌무덤으로 막혔다. 우리를 쫓아오던 이들의 괴성이 메아리쳐 울려 퍼졌다.

"가, 감사해요."

한숨을 돌린 응우옌 짜이가 거친 숨과 함께 내뱉은 말이었다.

"뭐야, 존댓말 할 줄 알잖아?"

사공이 발끈했다.

"감사하기는 무슨, 당신은 우리 아니면 이렇게 험한 꼴도 안 당했을 건디."

내가 기어들어 가는 목소리로 말했다.

"우리가 죄송하죠. 제가 외길제약 책임자입니다."

"그래도 구해준 건 구해준 거죠."

당장 죽을 뻔했는데도 응우옌 짜이는 믿음을 잃지 않았다. 그럴수록 죄책감만 커졌다.

"자네는 내가 책임지고 내보낼 테니께, 아쉬운 소리는 나가서 하고 여기 착 붙어서 잘 뛰어. 우린 금방 따라잡혀."

맞는 말이었다. 아무리 달려도 실전으로 단련된 특수부대원보다 빠를 수는 없었다. 더군다나 5킬로미터나 된다는 갱도는 너무나 길었다. 숨이 턱까지 차올랐기 때문에 말을 하는 것도 고통스러웠다. 그러나 헉헉대면서도 반드시 내가 해야 할 말이 있었다. 송 팀장은 총을 쏴서는 안 되는 사람이었다.

"저기요, 송 팀장님. 그 총 저한테 주면 안 돼요?"

씨알도 안 먹히는 소리였다. 송 팀장은 들은 체도 하지 않고 계속 달렸다. 30분쯤 달렸을까. 전방에서 아주 작은 빛이 보이기 시작했다. 끝이 보였다. 철문이 우리 앞에 있었다. 그러나 뒤에서 맹렬한 속도로 세르게이가 다가오고 있는 것이 느껴졌다.

"Убейте всех, кроме доктора!*"

세르게이의 분노에 찬 명령이 동굴 속을 울렸다. 이윽고 총소리가 이어졌다.

"이런, 씨발!"

사공이 비명을 지르며 쓰러졌다. 총을 맞은 사공은 다리를 부여잡고 울고 있었다. 바로 앞에 있던 내가 사공을 부축했다.

"이대론 못 도망갈 거 같은디."

송 팀장이 소리쳤다.

"아버님, 제가 엄호할 테니 폭탄을 터뜨리세요!"

---

* '의사만 빼고 다 죽여!'라는 뜻의 러시아어.

사공이 떨리는 손으로 마지막 소시지를 아버지의 손에 건네주었다. 아버지는 아까처럼 갱도 벽면에 소시지를 쑤셔 넣었다. 송 팀장이 세르게이를 향해 사격했다. 세르게이가 몸을 날리면서 엎드렸다. 그때, 폭탄이 터지면서 벽면이 무너져 내렸다. 모두가 비명을 질렀다.

갱도는 먼지로 뒤덮여 아무것도 보이지 않았다. 쿨럭대는 기침 소리가 여기저기서 들렸다. 다들 무사한 걸까. 머리가 웅웅 울렸다. 시간이 흐르자 먼지가 철문 틈새로 서서히 빠져나갔다. 폭발의 여파로 모두 쓰러져 있었다. 가장 앞에서 뛰었던 송 팀장이 먼저 일어나 부상당한 사공의 상태를 살폈다. 가장 뒤에서 달리며 우리를 엄호하던 아버지는 폭발 파편에 맞았는지 바닥에 쓰러져 있었다. 응우옌 짜이는 엎드린 채로 고통에 찬 신음을 내고 있었다.

막힌 갱도에서 돌이 구르는 소리가 났다. 돌 사이로 피투성이가 된 손이 튀어나왔다. 손에는 칼이 들려 있었다. 잠시 후 손의 주인이 얼굴을 드러냈다. 세르게이였다. 나는 두려움에 몸을 떨었다. 그 모습을 보고 있던 송 팀장이 정신을 차리고 일어섰다. 그녀가 세르게이에게 총을 겨녔다. 나는 송 팀장에게 보디체크를 날렸다. 비틀거리던 송 팀장이 내게 소리쳤다.

"대체 왜 그래요!"

그 사이 세르게이는 뒤에서 응우옌의 목에 칼을 대고 말했다.

"송희수, 총 내려놔."

순간 나는 송 팀장에게 몸을 날린 게 잘못된 선택이었음을 깨달았다. 어떤 머리털도 생명보다 소중하지 않았다. 그 와중에도 내가 정말 쓸데없는 인간이라는 깨달음과 자괴감이 뼛속 깊이 스며들었다. 이런 대치 상태에서 염치없게도 나의 몸은 굳어버린 채 움직일 생각을 하지 않았다.

나는 덜덜 떨면서 겨우 입을 열었다.

"세, 세르게이! 그럴 필요 없어. 부작용은 이미 다 극복했거든."

지푸라기라도 잡는 심정이었다.

"갓파처럼 생긴 인간 말을 어떻게 믿나."

역시 통하지 않았다. 세르게이는 응우옌의 목에 댄 칼을 더욱 가깝게 붙였다. 응우옌의 목이 금방이라도 칼에 썰려 나갈 것처럼 보였다. 송 팀장은 총구를 아래로 내렸다.

그때 세르게이가 비명을 지르며 비틀거렸다.

"어디서 쇠붙이 갖고 장난질이여."

바닥에 엎드려져 있던 아버지가 세르게이의 발등을 돌로 찍으며 중얼거렸다. 아버지는 세르게이가 휘청대는 틈을 놓치지 않고 응우옌 짜이를 잡아당겨 세르게이로부터 떨어뜨렸다.

"다 늙은 노인네, 주제를 모르네."

세르게이가 칼을 바로 쥐고 아버지와 마주 섰다.

"выбрось нож.*"

송 팀장의 목소리였다. 송 팀장이 세르게이에게 총을 겨누고 있었다. 러시아어를 몰라도 그것이 세르게이에게 하는 경고임은 분명했다. 그녀는 세르게이가 대답할 틈도 주지 않고 방아쇠를 당겼다.

철컥.

움찔하며 팔을 올렸던 세르게이가 하얀 이를 드러내며 무서운 미소를 지었다. 송 팀장의 AK 소총에서 발사된 것은 총알이 아닌 빈 총소리였다.

---

*   '칼을 버리시오'라는 뜻의 러시아어.

"한 놈도 빠짐없이 죽인다."

세르게이의 얼굴에서 느껴지는 것은 확신에 찬 살기뿐이었다.

"자네 힘 좀 써?"

아버지가 칼을 쥔 세르게이의 손목을 잡았다.

"늙은이가 간이 배 밖으로 나왔……."

세르게이의 말이 끝나기도 전에 아버지는 잡은 팔을 고춧대 부러뜨리듯 꺾어버리더니 그의 얼굴에 볼링공 같은 머리를 날렸다. 수박이 쪼개지는 소리가 나나 싶더니 세르게이가 연체동물처럼 흐물거렸다.

"말할 시간에 공격을 혀."

아버지는 세르게이가 바닥에 떨어뜨린 칼을 발로 차며 중얼거렸다. 송 팀장이 재빨리 세르게이의 손발을 잡아 묶었다. 세르게이는 저항은커녕 어떠한 움직임도 보이지 않았다.

"완전히 정신을 잃었어요. 쇠공으로 머리를 맞은 것처럼."

나는 세르게이의 맥을 짚어 상태를 살폈다. 사공과 응우옌 짜이는 얼어붙은 듯 멍하니 그 광경을 보고 있었다.

"스페츠나츠를 한 방에……."

아버지는 승모근을 으쓱하며 코웃음을 쳤다.
"나는 삼 대 700이여."

22. 탈출

 철문은 꼼짝도 하지 않았다. 철문을 열기 위해 준비한 폭탄 두 개를 모두 써버렸기 때문에 문을 열 수 있는 방법이 없었다.
 "우리 다 해놓고 여기서 이렇게 굶어 죽나요?"
 "그건 너무 억울하지 않습니까."
 다들 맥이 빠져 동굴, 아니 뒤가 꽉 막혀 이제는 동굴이라고 할 수도 없는 구덩이 안에 누워 있었다. 그나마 철문 틈새로 들어온 빛 덕분에 앞은 볼 수 있었다.
 "한 5년은 걸리겠다."
 아버지는 세르게이의 군용칼로 경첩을 갈고 있었다.

영화에서나 보던 은행 금고가 앞에 가로막고 있는 것 같았다.

"어차피 너희는 여기서 못 나가. 무너진 돌무더기 반대편에 있는 내 부하들이 오는 데까지는 한 시간도 안 걸릴걸?"

정신을 차린 세르게이가 손발이 묶인 채로 비아냥댔다. 하지만 그의 말은 사실이었다. 돌무더기 반대편에서 벽을 부수는 듯한 소리가 들려오기 시작했기 때문이다.

"굶어 죽진 않겠네요. 그래도 연구실에서는 자살도 못했는데, 잡혀서 고문당하기 전에 여기서 자살하는 게 낫겠어요."

다가오는 소리에 공포에 질린 사공이 초 치는 소리를 했다.

"딩동, 잘 아네."

세르게이는 잊지 않고 추임새를 넣었다.

"근데 손잡이 옆에 뭔 네모난 플라스틱이 있구먼. 못 보던 건디."

경첩을 갈던 아버지가 고개를 갸웃거렸다.

"그거 도어록 아니에요?"

사공이 덮개를 열자 번호가 적힌 스위치 아홉 개가 드

러났다.

"오, 맞네. 은행 문에도 이런 번호 있는 거 봤어!"

우리는 열심히 도어록의 번호를 눌렀다. 십여 분 정도 지났을까. 예상은 했지만 열릴 기미는 전혀 보이지 않았다.

"어이, 어째 아무 말도 안 하는 거 보니 뭔가 알고 있는 거 같네."

그러고 보니 우리가 삽질하는 걸 보고도 세르게이가 비웃지 않는 것이 수상했다.

"뭐야, 혹여 고문이라도 당할까 봐 숨죽이고 있는 거야?"

송 팀장이 먹이를 앞에 둔 짐승처럼 세르게이를 향해 다가갔다.

"내가 너희처럼 눈에 힘만 줘도 술술 부는 족속인 줄 아나? 돈 준다는 말에 헐레벌떡 기밀을 빼주질 않나."

돈에 매수됐었던 사공은 세르게이와 눈도 마주치지 못했다. 하긴 스페츠나츠라면 웬만한 고통에도 단련이 됐을 터였다. 더군다나 곧 들이닥칠 세르게이의 부하들을 생각하면 시간은 우리 편이 아니었다.

"그래요, 속물이라 그리됐소. 댁들은 연봉 얼마나 받아요? 어차피 죽을 마당에 그건 말해줄 수 있겠지."

미친 사공. 이 와중에 궁금한 게 스파이의 연봉이라니.

"사공, 네가 받기로 한 돈은 내겐 푼돈에 불과해. 너나 북한의 공작원들처럼 돈이 없어서 적국에 기밀을 팔거나 망명하는 일을 막으려면 그 정도는 되어야 하지 않겠나?"

사공의 눈이 반짝였다.

"그래서 블랙카드를 쓰는 거였군. 지금 보니 시계는 피아제네."

사공이 조심스럽게 세르게이의 앞주머니에서 카드를 꺼냈다.

"이 겁쟁이 속물 녀석아, 카드를 건드리면 가만두지 않겠어."

세르게이가 몸을 꿈틀대며 관자놀이에 핏대를 세웠다. 그의 얼굴이 사나운 사자처럼 변하고 있었다.

"삼칠구일팔삼오오……."

블랙카드. 역시 세르게이는 갑부가 맞았다.

갑자기 송 팀장이 외쳤다.

"이구오구팔! 그거예요!"

"뭐가요?"

"그 번호요! 오스본이 불러준 그거! 오스본이 여기서 탈출할 수 있었던 방법!"

"그럼 카드 번호가 발모제 성분 함량이 아니라……."

"세르게이의 카드 번호가 철문을 여는 비밀번호라는 건가요?"

나와 눈이 마주친 세르게이의 동공이 흔들리는가 싶더니 그의 얼굴 전체가 환하게 빛났다. 반대편에서 엄청난 광선이 쏟아져 들어왔다.

"그 번호 맞구먼."

아버지가 문을 열어젖혔다. 한동안 눈을 뜰 수 없었다. 동공이 빛에 익숙해지자 서서히 바깥 풍경이 드러났다. 태양이 동굴의 바로 위에 떠 있었고 앞으로는 태평양이 끝없이 펼쳐져 있었다. 동굴의 아래로 커다란 바위들이 바다와 육지의 경계를 이루고 있었다. 그 가운데 간이 화장실 크기의 정자가 하나 세워져 있었다.

"여기가 대체 어딘가요?"

"저도 짐작이 가지 않습니다."

응우옌 짜이도 알지 못하는 오지였다.

"저기에 뭔가 써 있을지도 몰라요"

송 팀장이 정자를 가리켰다. 작은 정자는 비석 하나를 품고 있었다. 우리는 정자가 있는 쪽으로 다가갔다.

"이, 이건……."

비석에 새겨진 베트남어를 읽은 아버지의 표정이 굳어졌다.

"뭔데요, 아버지?"

"한국군 증오비다."

"증오비요?"

응우옌이 나지막이 비문을 읽었다.

"Tội lỗi lên tới trời……."

"한국군이 많은 민간인을 학살했고 그 죄가 하늘에까지 닿았다는 뜻이여."

베트남전에서 한국군이 저질렀다는 만행은 사실이었다. 비석의 아래에는 짧은 베트남 단어 수십 개가 네 줄에 맞춰 새겨져 있었는데, 베트남어를 모르더라도 그것이 희생된 사람들의 이름이라는 것은 짐작할 수 있었다.

"이제야 여기가 어딘 줄 알았어. 이 비석 빼고는 반세기 넘게 지나도 변한 게 없구먼. 내 기억이 맞다믄 저 언덕 돌무덤만 넘으믄 도로가 나올 거여. 차들도 댕길 테니께 거기까지만 가믄 된다."

아버지가 주위를 둘러보다가 해안가에 보이는 돌무덤을 손가락으로 가리켰다.

그때 뒤에서 굉음이 들렸다. 우리가 빠져나온 동굴에

서 나는 소리였다.

"Он здесь!*"

세르게이가 손발이 묶인 채로 자신의 부하들에게 고함을 질렀다.

"세르게이 부하들이 막힌 갱도를 다 뚫었어요."

무너진 갱도에 보이지 않던 구멍들이 생기기 시작했다.

"뭐햐."

"뛰어요!"

아버지는 총상을 입은 사공을 둘러업고는 입구 밖으로 뛰어 내려갔다. 송 팀장과 응우옌 짜이 그리고 내가 그 뒤를 이어 달렸다. 100미터 정도 떨어진 언덕이 10킬로미터처럼 멀게 느껴졌다. 동굴 입구에서는 이미 총성이 울리기 시작했다.

버텨야 했다. 증기처럼 뜨거운 숨이 턱까지 차올랐다. 언덕만 넘으면 이 고생도 끝이었다. 먼저 사공과 돌무덤을 넘은 아버지가 송 팀장 그리고 응우옌 짜이의 손을 잡고 끌어올렸다. 나도 뒤따라 손을 내밀었지만 내 손은 잡

---

* '그가 여기 있다!'라는 뜻의 러시아어.

아주지 않았다. 나는 젖 먹던 힘을 다해 돌무덤을 넘었다.

"저도 손 좀 잡아주시지······."

언덕을 넘자 또 다른 광경이 펼쳐졌다.

"반백 년이 지나는 동안 지름길을 만들지 않았을 리 없잖아?"

돌무덤 너머로 세르게이와 부하 둘이 기관총을 들고 서 있었다. 우리가 바위 해안을 달려오는 동안 세르게이는 다른 길로 우리를 앞지른 것이었다. 아버지도, 송 팀장도 두 손을 들고 투항했다.

"하지만 우리도 계획을 만들어놓지 않았을 리 없잖아?"

시선을 먼 데로 향하고 있던 송 팀장이 무슨 생각인지 투항하면서 들었던 팔을 내렸다. 세르게이는 곧바로 AK 소총의 노리쇠를 당기고는 총구를 그녀에게로 향했다.

"이제 자비는 없······."

순간 굉음과 함께 눈앞에 있던 세르게이와 부하들이 강풍 속 낙엽들처럼 옆으로 날아갔다. 레인지로버가 세르게이와 부하들을 들이받고는 그 자리를 차지했다.

"빨리 타요!"

범퍼가 쪼개진 레인지로버 운전석에서 누군가가 내렸

다. 그 모습이 영화의 한 장면과도 같았다. 알렉스였다.

"GPS가 이제야 잡히네요."

송 팀장이 원망하듯 물었다.

"이제 오면 어떡해요?"

여태 들어본 적 없는 부드러운 목소리였다. 우리를 태운 레인지로버는 전속력으로 베트남의 1번 국도를 달리고 있었다. 플랜 C가 성공하는 순간이었다.

에필로그

홧김에 수타리봉 계룡보살을 다시 찾았다.
"어찌 된 거유? 내가 곧 연애하게 될 거람서유?"
"그게 말이여……. 다시 보니 좀 더 기다려야 할 거 같구먼. 2년 후엔 진짜 나타난다! 요즘 눈이 침침해서 그런가, 잠깐 다른 걸 봤나벼."
나는 수타리봉에 다녀온 후 충격 때문에 한 달간 잠을 이루지 못했다.
"어떻게 그럴 수가 있지? 싫다고 한 남자가 다시 들이댄다고 어떻게 그렇게 홀랑 넘어가?"
그렇게 2년이 지났다. 그날의 충격을 잊을 수 없다. 2년

전 베트남의 추억. 베트남에서 러시아 스파이로부터 목숨을 구한 날. 송 팀장은 탈모에서 벗어나자마자 알렉스에게 가버렸다. 우리 동네 이장 아저씨와 다를 게 없었다. 머리털 나니 연애질부터 하는 거다. 세상에 믿을 사람 하나 없다. 송 팀장이 세르게이를 쏠 때 난 왜 몸을 날려 막았을까.

그때 나는 더욱 독하게 마음먹었다. 부작용을 극복하는 약을 개발하고 말겠다고.

모든 약은 우연히 발견된다. 우연을 바라면 안 된다는 소신을 가진 나도 이제는 그 '우연'의 수혜자임을 부정할 수 없다. 오스본 3세가 명품 덕후가 아니었다면, 그래서 그가 세르게이의 카드 번호를 유심히 보지 않았다면, 우리는 그 지하 감옥을 탈출할 수 없었을 터였다. 오스본 3세는 세르게이의 신용카드가 자신이 쓰는 카드와 같은 카드라서 그 번호에 집착했던 것뿐이었다.

송 팀장이 입수한 첩보에 의하면 오스본 3세는 베트남을 떠나 티베트에서 모든 물욕을 버리고 승려로 살고 있다고 했다. 나중에 알게 된 것은 오스본 3세가 롱칸 파고다에 잠입한 게 아니라 실제 그 사찰의 승려였다는 사실이다. 오스본 3세는 세르게이의 손아귀에서 벗어난 후,

물욕 때문에 많은 사람이 희생된다는 사실을 깨닫고 현자타임을 한 차례 가진 후 롱칸 파고다로 출가한 것이었다. 우리는 그가 머무는 사찰에 잠입한 불청객이었던 셈이다.

신용카드사가 나의 '트원라이트 유전자 함수'를 블랙카드 일련번호 부여에 사용했다는 사실은 오스본 3세도 알고 있었지만, 그렇게 도출된 세르게이의 블랙카드 번호가 DCT의 부작용을 없앨 열쇠가 되었다는 사실은 나와 사공만 알고 있는 비밀이 되었다.

나는 2년 동안 대머리로 밤낮없이 연구했다. 2년이라는 시간은 999가지 경우의 수를 따져보기에 충분했다. 그렇게 나는 또 하나의 신약을 만들어냈다. 아마 몇 달 후면 진짜로 노벨의학상을 탈 것 같다. 아버지와 나는 더 이상 무모증에 시달리지 않아도 되었다.

그리고 내 꿈뿐 아니라 아버지와 응우옌 짜이의 마지막 소원도 이루었다. 아버지는 라이따이한들을 위한 재단을 세웠다. 재단 이사장은 응우옌 짜이가 맡아주었다. 우리 때문에 죽을 뻔한 응우옌의 노고를 생각하여 재단의 이름은 '응우옌 짜이 재단'으로 정했다. 고엽제 환자들을 도왔던 응우옌 짜이가 라이따이한이었기 때문에 그만한 적임자가 없었다. 재단의 노력으로 한국 사람들이 희생자 가족에게 사죄하기 위해 베트남을 다녀가기도 했다. 응우옌 짜이 덕분에 베트남에 있는 한국군 증오비 중 일부가 위령비로 바뀌기도 했다. 아버지와 응우옌 짜이는 지난 2년간 수많은 라이따이한과 그들의 후손을 도왔다.

그럼에도 응우옌은 마지막까지 자신의 탈모 치료는 하지 않았다. 내가 공짜로 약을 주겠다고 해도 마다했다.

"생각해본 적 없고 지금도 관심 없어."

그는 단호했다. 그런 사람이 있었다. 자신을 가꿀 시간에 타인을 돕는 사람. 나의 호의를 거부한 그날부터 나는 응우옌을 베트남의 간디라고 불렀다. 그래서인가 머리털이 없어도 응우옌은 멋있어 보였다. 아버지는 응우옌의 '와꾸'가 범상치 않아서 그렇다고 했지만.

나는 개발 팀 팀장으로 인터뷰 단상에 다시 한번 섰다.

"팀장님, 긴장되시죠? 그럴 땐 천하장사."

선임 연구원 사공 휴가 하얀 가운 주머니에서 소시지를 꺼내 건네주었다. 산업 기밀 누설로 징역 1년, 집행유예 2년을 선고받은 사공은 죄를 깊이 뉘우치고 새 사람이

될 것을 다짐했다. 나는 그의 죄를 용서했다. 미녀에 혹하는 것만 빼면 사공은 뛰어난 인재이기 때문이다. 지금도 그는 여전히 내 옆에 붙어 있다.

죽도록 연구했다. 이제는 정말 그 노력이 결실을 맺고 있었다. 내 옆에 서 있는 사공 선임은 감동의 눈물을 흘리며 소시지를 먹고 있었다. 나는 사공 선임의 소시지를 받아 쥐며 사공과 포옹했다. 나는 사공에게 속삭였다.

"이번에도 팔면 머리털 다 뜯어버린다."

전화벨이 울렸다. 아버지였다.

"영길아, 이 약 좀 이상혀."

께름칙한 느낌이 등줄기를 타고 엉치뼈까지 이어졌다.

"뭔데유, 아부지?"

"박 씨가 말이여, 털이 아주……."

설마, 또 부작용인가.

작가의 말

 독자분들에게 살면서 가장 빛났던 순간이 언제인지 묻고 싶다. 들을 기회가 있다면 하나하나 귀 기울여 들을 용의, 아니 흥미를 갖고 들을 의지가 있다.

 내게는 빛나는 시절이 있었던가. 인생의 하이라이트 말이다.

 지금 생각해보니 인생이 무엇인지조차 생각한 적 없이 산 기간이 30년은 되는 듯하다. 일이 끝나면 지친 몸으로 집에 돌아와 잠들기 바빴기에 그럴 여유가 없었다. 다만, 햄릿의 대사처럼 '죽느냐 사느냐'에 대한 고민은 종종 했던 것 같다. 그만큼 일상이 고됐고 지난하며 괴로웠던 까닭이다.

나에게 있어 빛나는 시절이란 어떤 한 부분이라 콕 집어 말할 수 없는 개념이다. 시간은 멈춘 적이 없고 인생은 아직 끝나지 않았기에 단정할 수 없다. 남이 정해줄 수도 없다. 인생의 화양연화가 사람마다 다르기 때문이다.

아마 생을 마감하기 며칠 전이 되어야―멀쩡한 정신을 유지하고 있다면―빛나는 시절이 언제라고 판단할 수 있을는지도 모르겠다.

그럼에도 빛나는 순간들은 있었다.

동네 축구 시합에서 생전 처음 골을 넣었던 순간, 한기범이라는 별명을 가졌다는 이유로 학부 농구 팀 대표가 되었던 일, 야근을 하면서 틈틈이 시도했던 나만의 라면 레시피가 성공했던 일, 재밌어서 쓴 소설이 신춘문예에 당선된 일……. 그 크고 작은 빛들이 지금까지 삶을 이어온 원동력이 되었다고 감히 단정한다.

당장 떠오르는 빛나는 순간은 지금 작가의 말을 쓰고 있는 지금이다. 독자분들에게 감사하다는 말을 적을 수 있는 이 시간이 내게는 또 하나의 빛나는 순간이다.

누구에게나 빛나는 순간은 있다.

현재를 충실히 사는 독자분들에게도, 나에게도 앞으로 그럴 기회가 많아지길 바란다.

나연만

빛나는 녀석들

초판 1쇄 발행 2025년 10월 30일

지은이 나연만
펴낸이 이수철
주　간 하지순
편　집 최웅기
기　획 전강산
디자인 박예진
영업관리 최후신
콘텐츠개발 전강산, 최진영, 하영주
영상콘텐츠기획 김남규
제　작 서동관
관　리 진호, 황정빈, 전수연

펴낸곳 (주)픽셀앤플로우
출판등록 제2025-000171호
주소 (10449) 경기도 고양시 일산동구 호수로 358-39 동문타워1차 703호
전화 02) 790-6630　팩스 02) 718-5752
전자우편 namubench9@naver.com
인스타그램 @namu_bench

ⓒ 나연만, 2025

ISBN 979-11-993934-2-4　03810

* 나무옆의자는 (주)픽셀앤플로우의 문학 브랜드입니다.
* 이 책의 전부 또는 일부 내용을 재사용하려면
　사전에 저작권자와 출판사 양측의 동의를 받아야 합니다.
* 잘못 만들어진 책은 구입하신 곳에서 바꾸어드립니다.